Les apprenties déesses

ARTÉMIS LA COURAGEUSE

Les apprenties déesses

ARTÉMIS LA COURAGEUSE

**JOAN HOLUB
ET SUZANNE WILLIAMS**

Traduit de l'anglais par
Sylvie Trudeau

Copyright © 2010 Joan Holub et Suzanne Williams
Titre original anglais : Goddess Girls: Artemis the Brave
Copyright © 2013 Éditions AdA Inc. pour la traduction française
Cette publication est publiée en accord avec Simon & Schuster Children's Publishing Division, New York, NY

Éditeur : François Doucet
Traduction : Sylvie Trudeau
Révision linguistique : Féminin pluriel
Correction d'épreuves : Nancy Coulombe, Katherine Lacombe
Montage de la couverture : Mathieu C. Dandurand
Illustration de la couverture : © 2010 Glen Hanson
Conception de la couverture : Karin Paprocki
Mise en pages : Sébastien Michaud
ISBN papier 978-2-89733-113-9
ISBN PDF numérique 978-2-89733-114-6
ISBN ePub 978-2-89733-115-3
Première impression : 2013
Dépôt légal : 2013
Bibliothèque et Archives nationales du Québec
Bibliothèque Nationale du Canada

Éditions AdA Inc.
1385, boul. Lionel-Boulet
Varennes, Québec, Canada, J3X 1P7
Téléphone : 450-929-0296
Télécopieur : 450-929-0220
www.ada-inc.com
info@ada-inc.com

Diffusion
Canada :   Éditions AdA Inc.
France :   D.G. Diffusion
                Z.I. des Bogues
                31750 Escalquens — France
                Téléphone : 05.61.00.09.99
Suisse :   Transat — 23.42.77.40
Belgique :   D.G. Diffusion — 05.61.00.09.99

Imprimé au Canada

Participation de la SODEC. SODEC

Nous reconnaissons l'aide financière du gouvernement du Canada par l'entremise du Fonds du livre
du Canada (FLC) pour nos activités d'édition.
Gouvernement du Québec — Programme de crédit d'impôt pour l'édition de livres — Gestion SODEC.

**Catalogage avant publication de Bibliothèque et Archives nationales du Québec et Bibliothèque
et Archives Canada**

Holub, Joan
    Les apprentes déesses
    Traduction de : Goddess Girls.
    Sommaire : 4. Artémis la courageuse.
    Pour enfants de 7 ans et plus.
    ISBN 978-2-89733-113-9 (v. 4)

1. Artémis (Divinité grecque) - Romans, nouvelles, etc. pour la jeunesse. I. Williams, Suzanne, 1953-   .
II. Trudeau, Sylvie, 1955-   . III. Titre. IV. Titre : Artémis la courageuse.
PZ23.H646Ap 2013   j813'.54   C2012-942724

À Cynthia Leitich Smith

et Little Willow

— J. H. et S. W.

TABLE DES MATIÈRES

1

Un jeu de chasse

Chaussée de sandales magiques aux ailes d'argent, Artémis filait au travers de la Forêt des bêtes, ses pieds glissant à quelques centimètres à peine du sol moussu de la forêt.

— Sortez, sortez, où que vous soyez, chantonnait-elle tout bas.

Évitant les troncs des arbres et se baissant sous les vignes qui pendaient bien bas, elle écoutait attentivement pour détecter tout son inhabituel. Ses yeux foncés et vifs fouillaient la densité des bois. Son arc préféré, fait de bois d'olivier incurvé et poli, était prêt à tirer. Elle portait en bandoulière sur son dos un carquois de cuir ouvragé rempli de flèches. Elle pouvait en sortir une, l'armer et viser en une fraction de seconde dès qu'elle en avait besoin.

Derrière elle, Artémis entendit Athéna qui volait elle aussi grâce aux sandales ailées. Aphrodite et Perséphone la suivaient. Les quatre déesses portaient des robes amples, appelées «chitons», qui leur allaient à la cheville et dont la jupe battait au vent alors qu'elles filaient dans la forêt d'oliviers, de figuiers et de grenadiers, leurs pieds touchant à peine la terre.

Elles étaient venues en ces lieux cet après-midi-là pour une raison bien précise : se battre en duel avec certaines des créatures les plus visqueuses et les plus puantes qui erraient sur Terre. Armées de flèches à la pointe magique, les apprenties déesses avaient déjà triomphé de la dragonne appelée Échidna et d'une chimère à tête de chèvre. Il ne leur restait plus que 10 minutes pour trouver la troisième créature qu'elles poursuivaient.

Il était essentiel qu'elles gagnent cette bataille finale entre le mal et le bien, car de l'issue du combat dépendait une chose très importante : leurs résultats scolaires.

Le premier vendredi de chaque mois, les jeunes déesses et les jeunes dieux du cours de bêtes-ologie quittaient l'Académie du mont Olympe et descendaient sur Terre. Là, dans cette forêt, pendant une heure, ils jouaient à des jeux d'adresse que le professeur Ladon avait créés pour tester leurs connaissances. Combien elle était chanceuse d'être dans la même classe que ses meilleures amies et qu'elles aient toutes été assignées à cette section des bois !

Chacune des quatre filles obtiendrait un A, si elles réussissaient à vaincre les trois créatures ce jour-là. Attraper deux créatures valait un B, une seule, un C, et revenir les mains vides signifiait qu'il fallait répéter l'exercice jusqu'à ce que l'on réussisse. Artémis n'avait jamais eu de note plus basse qu'un A dans les jeux du cours de bêtes-ologie, et elle ne voulait certainement pas que ce jour fasse exception à la règle. Car c'était son anniversaire, après tout. Un autre A serait le cadeau de fête idéal.

En arrivant dans la clairière, Artémis entendit une sorte de reniflement. Les feuilles vert argenté de l'oliveraie qui jouxtait la clairière frémirent, faisant fuir les pinsons et les fauvettes dans un grand froufrou d'ailes. Elle ralentit, faisant un geste silencieux à l'intention de ses amies pour les avertir qu'il y avait quelque chose devant.

— Il est tapi. Là-bas! dit doucement Artémis lorsque les autres arrivèrent à sa hauteur.

Au même moment, le vent changea de direction, et une bouffée de l'odeur de la créature leur parvint. Beurk. Elle sentait à la fois le gaz des marais, le chien mouillé et la bouse de vache.

Perséphone grommela et éventa son visage naturellement pâle de sa main, ce qui fit voleter ses cheveux roux bouclés.

— Ça ne sent pas tout à fait la rose, n'est-ce pas?

Horticultrice chevronnée, elle pouvait faire fleurir n'importe quelle plante du bout des doigts.

— En effet, dit Athéna en plissant le nez, on dirait de l'épiaire des bois.

— J'espère que ça ne sera pas quelque chose qui projette du limon visqueux, cette fois, murmura Aphrodite.

Repoussant ses longs cheveux blonds chatoyants par-dessus une épaule, elle toucha le liséré d'or bordant l'encolure de son chiton.

— C'est une nouvelle tenue, et je ne voudrais pas l'abîmer, poursuivit-elle.

Déesse de la beauté, elle aimait les vêtements et avait une tenue pour toutes les occasions. Celle-ci était d'un bleu œuf de merle brillant qui correspondait à la couleur de ses yeux. Elle portait à la taille une ceinture faite de vrilles de vignes entrelacées. Puisqu'Aphrodite lançait la plupart des tendances en matière de mode à l'Académie du mont Olympe, toutes les déesses de l'école porteraient probablement une ceinture comme la sienne avant la fin de la semaine.

Boing. Boing. Boing. Le sol vibrait à mesure que la bête s'approchait à pas lourds. Les bras d'Artémis se couvrirent de chair de poule. Elle aurait préféré avaler un scarabée plutôt que l'admettre, mais le fait était qu'elle avait peur. Parce qu'elle était la déesse de la chasse et qu'elle était habile à manier l'arc, tout le monde à l'école présumait qu'elle était courageuse. Ses amies comptaient sur elle pour les diriger lors de ces jeux de chasse. Et même alors, les autres attendaient qu'elle leur dise quel genre de bête elles avaient débusquée. Et elle avait le pressentiment qu'elle savait de laquelle il s'agissait!

Levant sa main gauche par-dessus sa tête, elle tendit un doigt. Puis, faisant une pause, deux doigts. Autre pause. Trois doigts. Et enfin, quatre. Puis, levant l'autre main, elle montra deux doigts de plus, pour un total de six. Cela leur signifiait qu'elles avaient probablement trouvé une bête à une tête, deux bras, trois troncs, quatre ailes et six pattes. Et au cas où elles n'auraient pas compris le message, elle forma silencieusement le nom de la créature en bougeant les lèvres : «Géryon».

À cette nouvelle, Athéna arbora le regard déterminé qu'elle avait toujours juste avant de faire un examen qu'elle voulait réussir haut la main. Perséphone se boucha le nez comme si elle se préparait à ce que l'odeur déjà nauséabonde ne devienne plus forte à mesure que leur adversaire s'approcherait. Et Aphrodite jeta un œil à son élégant chiton bleu avec une grande consternation.

Quelques secondes plus tard, une créature gigantesque sortit du bois et sauta dans la clairière. En la voyant, Artémis eut la chair de poule par-dessus celle qu'elle avait déjà. Le géryon était énorme. Il était mauvais. Et il était bestial. Il ressemblait exactement à celui qui était décrit dans son rouleau de texte du cours de bêtes-ologie.

Bien qu'elle adorait chasser, Artémis aurait espéré s'attaquer à des cibles normales. Parfois, les bêtes que concevait le professeur Ladon pour ses tests semblaient si… si réelles. Elle avait du mal à se rappeler qu'elles étaient factices.

— Tu as correctement identifié celle-là, comme d'habitude, confirma Athéna derrière son dos. Fais attention, il est écrit dans le rouleau de texte qu'ils sont munis de serres particulièrement acérées et qu'ils sont aussi plutôt retors.

— Et ils ont mauvaise haleine, ajouta Aphrodite.

Elle se pinça le nez, tout comme Perséphone.

Le géryon lécha ses babines vertes, les fixant tour à tour. Puis il se retourna et agita son postérieur de sorte que son trio de longues queues batte le feuillage.

— Na na nu na na, articulait-il faiblement pour les provoquer.

Pendant tout ce temps, ses yeux rouges et flamboyants les surveillaient par-dessus son épaule pour voir si elles mordraient à l'hameçon et s'avanceraient. S'apercevant que son stratagème n'avait pas fonctionné, il tendit une patte vers elles. Puis il pointa une griffe en l'enroulant et la déroulant pour leur faire signe de le suivre dans le labyrinthe enchevêtré de buissons qui se trouvait derrière lui. La rumeur voulait qu'il y ait au centre du labyrinthe une sorte de machine fantastique à fabriquer des créatures, que le professeur Ladon avait conçue spécialement pour engendrer les bêtes qui leur servaient d'adversaires pour ces jeux.

— Pardieu! murmura Athéna. Pense-t-il vraiment que nous allons tomber dans ce panneau-là?

— En effet, pas question que nous le suivions dans ce dédale, dit Artémis, la voix chevrotante. Essayons de l'attirer par ici, ajouta-t-elle rapidement d'une voix plus assurée, s'inquiétant que ce qu'elle venait de dire ait pu la faire passer pour une poltronne. J'aimerais avoir une bonne chance de tirer une flèche dans ce gros derrière vert.

Perséphone ricana, mais comme elle se pinçait le nez très serré, cela ressemblait davantage à un ronflement.

— D'accord, mais pas trop près, dit Aphrodite en jetant de nouveau un coup d'œil anxieux à son chiton.

Les créatures ne pouvaient pas faire de mal aux apprenties déesses, qui étaient immortelles après tout. Mais tout de même, ces horribles bêtes avaient le don de mettre les élèves… disons, plutôt mal à l'aise. Une fois, en troisième année,

Artémis avait eu les cheveux grillés, et une autre fois, en cinquième, elle avait reçu un dard empoisonné lancé par une queue serpentine, résultant en une éruption cutanée.

— Laissez-moi essayer quelque chose, dit Perséphone.

Sur ce, elle se pencha bien bas devant une parcelle de fleurs et souffla dessus. Leurs graines, surmontées d'une aigrette blanche, s'envolèrent vers la bête. La créature se mit instantanément à éternuer. Et chaque éternuement lui faisait faire un bond en leur direction.

— Des pissenlits... dit Perséphone en faisant un sourire en coin. Les géryons y sont allergiques. Ça marche à tout coup.

Soudainement, la créature cessa d'éternuer et émit un triple reniflement de ses trois énormes naseaux poilus, puis elle mit ses deux pattes sur ses hanches. Ses yeux lançaient des éclairs rouges sur chacune des déesses tour à tour, comme si elle essayait de décider laquelle elle avalerait la première.

— Oh oh, dit Athéna. On dirait bien qu'il est furieux.

— Vite! Séparons-nous. En groupe, nous sommes une cible trop facile! leur cria Artémis en essayant de ne pas laisser transparaître dans sa voix la panique qu'elle ressentait.

Ne semblant pas remarquer à quel point elle semblait manquer d'air, les

autres suivirent ses ordres et se déployè-
rent en demi-cercle autour de la bête.

Perséphone, qui avait sans doute vu
tout un bestiaire beaucoup plus épeurant
lorsqu'elle avait visité les Enfers avec son
ami Hadès, conserva son calme.

— Est-ce que tu t'occupes de celui-
là ? demanda-t-elle doucement à Artémis.

Voletant à quelques centimètres au-
dessus du sol grâce à ses sandales magiques, Artémis avait les doigts qui
tremblaient lorsqu'elle sortit une flèche
de son carquois.

— Ouais, j'ai la situation en main,
murmura-t-elle avec son air de bravade
habituel.

Elle mit la flèche en place, mais ne banda pas tout de suite son arc. Elle ne voulait pas tirer sur l'une de ses amies par mégarde !

— Allez, encore un peu plus près, chantonna-t-elle en dévisageant la créature.

Les sourcils du géryon se rejoignirent comme des chenilles en colère. Il découvrit ses cinq dents vertes en feulant et frappa le sol recouvert d'herbe de ses sabots munis de griffes. Parce que les filles s'étaient dispersées, il semblait ne pas pouvoir décider à laquelle s'attaquer en premier.

Enfin, jusqu'à ce qu'Aphrodite se mette à crier.

— Il va attaquer !

Et même lorsqu'elle criait de terreur, sa voix était aussi belle que la personne à qui elle appartenait. Attiré par ce son adorable, le géryon fixa son regard abominable sur Aphrodite. Ses lèvres se retroussèrent en un sourire macabre. Il feula et piétina encore un peu, mais cette fois c'était pour épater la galerie. Il avait visiblement choisi sa victime. Faisant un bond phénoménal, il fonça sur Aphrodite. Elle hurla de nouveau, tellement effrayée qu'elle en laissa tomber son arc.

— Il a-arrive !

Artémis se précipita vers elle, en se déplaçant de côté et en faisant toujours face au géryon comme le leur avait montré le professeur Ladon. « Ne jamais tourner le dos à une créature. » C'était l'une des 10 principales règles qu'il leur enseignait. Comme le géryon s'approchait, elle banda son arc en le visant.

Boum ! Avant même de pouvoir tirer, elle entra en collision avec quelque chose. Un arbre ? Non, c'était Aphrodite ! Dans un enchevêtrement de bras et de jambes, elles s'effondrèrent au sol. Bien que leurs sandales leur permettaient de se sauver lorsqu'elles étaient debout, leur pouvoir magique se contentait de les faire trembloter tant que les filles restaient étendues sur le sol moussu.

À côté d'elle, Aphrodite gémissait, totalement vulnérable à l'attaque imminente sans son arc. Artémis avait réussi à s'accrocher au sien, mais dans l'agitation, la flèche s'était décrochée et gisait à quelques centimètres plus loin. Elle entendit Athéna et Perséphone qui leur criaient de se relever. Mais pour l'instant, elle restait figée sur place, ayant trop peur pour faire quoi que ce soit. Ses yeux plongèrent dans ceux du géryon, qui se rapprochait, menaçant. Encore un peu plus près. L'odeur devenait de plus en plus horrible, et elle pouvait sentir la chaleur de son souffle même s'il était encore 25 mètres plus loin. Elle avait lu quelque part quelque chose sur un mortel qui avait succombé de peur à l'approche d'une telle créature. Et bien qu'elle savait que cela ne pourrait jamais lui arriver, sur le coup, cela lui sembla tout à fait possible. Son cœur battait la chamade. Un léger filet de sueur lui picotait la nuque. Il fallait qu'elle fasse quelque chose !

À partir de là, les choses se précipitèrent. Et pourtant, il lui sembla que tout se déroulait devant elle au ralenti. Le géryon n'était plus qu'à trois mètres. Il fit un bond, se préparant à déchiqueter le nouveau chiton d'Aphrodite, à faire baisser la moyenne scolaire des

apprenties déesses et, de manière générale, à faire des ravages.

Refoulant son sentiment de terreur,
Artémis s'assit, encocha une nouvelle
flèche et ferma un œil pour viser.
Elle ouvrit ses doigts tremblants pour
relâcher la corde de son arc.

Zzzzzing!

Pouf! À la seconde où sa flèche l'atteignit, le monstre disparut comme par
magie.

— Ouais! s'exclama Artémis, sentant
revenir en trombe sa confiance en soi.
Directement entre les quatre yeux!

Quelques secondes plus tard, le
géryon réapparut à l'entrée du labyrinthe,

une flèche plantée dans le front. En souriant, il tira calmement sur la flèche, la
lança pour s'en débarrasser et s'inclina
devant elles.

— Félicitations, mesdemoiselles les
déesses, dit-il d'un ton presque amical.
Vous avez maintenant atteint le huitième
niveau du jeu de chasse. Je rendrai
compte de vos excellents progrès au professeur Ladon de votre cours de bêtes-
ologie à l'Académie du mont Olympe. À
la prochaine…

En même temps que s'évanouissaient
ses dernières paroles, l'horrible géryon
disparut dans un nuage de fumée violette qui plana au-dessus du labyrinthe

pendant quelques instants comme un brouillard cotonneux.

— Un sauvetage de plus au palmarès d'Artémis la courageuse! commenta Athéna, l'air soulagé.

— Merci à tous les dieux! ajouta Aphrodite avec reconnaissance alors que Perséphone et Athéna l'aidaient à se relever.

Artémis ne dit rien. Elle réfléchissait à leurs éloges, presque certaine qu'elle ne les méritait pas. Elle? Courageuse? Pas du tout.

— Est-ce que ça va? lui demanda Perséphone.

— Oh, euh, bien sûr, répondit Artémis.

Dès qu'Aphrodite et elle furent sur pied, la magie de leurs sandales se remit à opérer, et elles s'élevèrent à quelques centimètres du sol comme les autres filles.

— Eh bien, pas moi, dit Aphrodite en examinant ses ongles peints en bleu avec une expression tragique. Je me suis cassé un ongle. Je savais qu'il y avait une bonne raison pour que le cours de bêtes-ologie soit celui que j'aime le moins.

Tirant une lime à ongles magique de la pochette à cosmétiques qu'elle gardait dans son carquois, elle tendit la main et laissa la lime s'agiter au bout de ses doigts pour effectuer les réparations nécessaires.

— C'est pourtant un cours important, dit Artémis. Les immortels doivent
apprendre ce genre de choses.

Et c'était vrai. Même si son courage
l'abandonnait parfois sans avertissement,
elle était heureuse qu'il s'agisse d'un
cours obligatoire. Mettant le pouce et
l'index entre ses lèvres, elle siffla ses
chiens. Un limier, un beagle et un lévrier
se précipitèrent vers elle à grands bonds.

— Bon garçon, Suez! dit-elle au
limier qui avait rapporté l'une de ses
flèches.

Elle l'avait nommé en l'honneur
du directeur Zeus, Suez étant le nom
de Zeus épelé à l'envers, parce que
comme Zeus, Suez était grand et avait les

yeux bleus. Elle s'agenouilla en voletant à quelques centimètres du sol pour jouer à se bousculer avec ses chiens et ils bondissaient autour d'elle joyeusement, la langue tirée.

Perséphone s'accroupit elle aussi pour jouer avec les toutous.

— Le cours de bêtes-ologie est bien excitant, dit-elle, alors qu'Amby, le beagle, lui faisait un bisou dégoulinant. C'est le moins qu'on puisse en dire. Et même si je sais que les créatures mytho-logiques n'existent pas pour vrai, elles ont l'apparence, l'odeur et les manières de vrais monstres à tel point qu'il est dif-ficile de ne pas oublier qu'il s'agit d'un cours et qu'elles sont créées par magie.

— Tu as tout à fait raison, dit Athéna en levant les deux mains. Regardez mes mains, elles en tremblent encore. J'étais terrifiée, même en sachant que le géryon était faux.

— Mais c'est là le but du jeu de monsieur Ladon! Il a créé les bêtes pour mettre nos habiletés et notre courage à l'épreuve, dit Artémis.

Elle désirait ardemment admettre elle aussi que ses mains avaient tremblé. Cela aurait été un réel soulagement de partager ses peurs, mais les autres avaient tellement confiance en sa témérité qu'elle était trop mal à l'aise pour le faire.

— C'est un bon entraînement, poursuivit-elle. On ne sait jamais quand une vraie créature fera son apparition et qu'il faudra la remettre à sa place.

— Oh, voyons. As-tu déjà vu ne serait-ce qu'une seule vraie créature de toute ta vie? demanda Aphrodite.

Examinant ses ongles avec satisfaction, elle rangea la lime dans son carquois. Puis elle en tira un miroir et commença à rajuster son chiton, à se lisser les cheveux et à retoucher son maquillage.

— Eh bien, non, admit Artémis en se relevant.

En fait, elle se demandait souvent si elle serait de taille pour combattre une vraie bête, si jamais elle en croisait une sur son chemin. Il était facile de paraître brave et de demeurer relativement calme devant de fausses créatures, mais et si son courage l'abandonnait au moment où cela compterait vraiment?

Au même moment, un fredonnement parcourut la forêt, faisant frémir les feuilles et se balancer la mousse qui pendait des arbres. C'était le doux murmure des nymphes qui habitaient dans les aubépines, les chênes et les saules. Une à une, les nymphes commencèrent à se montrer derrière les troncs d'arbres et entre les branches, leurs pâles visages luisant comme des guirlandes lumineuses.

— Les jeunes dieux doivent s'en venir, dit Artémis en levant les yeux au ciel.

Les nymphes étaient notoirement gagas pour les garçons… tout l'opposé d'Artémis, qui n'avait jamais eu le béguin pour un garçon de toute sa vie.

— Tu as raison. Voilà Hadès qui arrive, dit Perséphone en esquissant un léger sourire.

Quelques instants plus tard, il apparut, accompagné d'Apollon, le frère jumeau d'Artémis. Les deux portaient leur carquois et leur arc en bandoulière, puisqu'ils étaient dans le même cours de bêtes-ologie que les filles.

— Vous vous en êtes bien tirées ?
lança Apollon.

S'approchant sur ses sandales ailées,
il se pencha en avant, se cambra et fit une
cabriole théâtrale qui le fit atterrir à côté
d'Artémis dans un bruissement d'ailes.

— Nous les avons eues, l'assura-
t-elle.

— Super ! Nous aussi, dit Apollon.

Le frère et la sœur se sourirent et joignirent leurs poings en se frappant les
jointures.

Les autres déesses n'étaient pas
aussi sportives qu'Artémis, mais le
jumeau d'Artémis adorait le tir à l'arc
au moins autant qu'elle. Contrairement

à d'autres frères et sœurs des rouleaux, comme Médée et Absyrte ou Romulus et Rémus, ces deux-là s'étaient toujours bien entendus. Probablement parce qu'Apollon la voyait comme un frère, et non comme une sœur. Depuis aussi loin qu'elle se le rappelait, ils avaient participé ensemble à toutes sortes d'équipes sportives à l'AMO. Ils s'étaient même entraînés pour les Jeux olympiques!

— Daphné est-elle ici? demanda Apollon en regardant tout autour, cherchant des yeux la jolie nymphe.

— Pas toi aussi! dit Artémis en fronçant les sourcils à son endroit.

Depuis quelque temps, il lui semblait que tout le monde à l'école tombait amoureux, ou à tout le moins presque tout le monde.

— Tout ça, c'est à cause de toi, poursuivit-elle en levant un sourcil en direction d'Aphrodite.

En tant que déesse de l'amour et de la beauté, Aphrodite mettait son grain de sel dans chaque romance qui naissait sur Terre et sur le mont Olympe.

— Que veux-tu que je te dise? dit Aphrodite en lui faisant un sourire éclatant. C'est le printemps! Il y a de l'amour dans l'air! Un jour, poursuivit-elle en s'avançant, ses yeux bleus étincelants plongeant directement dans les yeux bleu noir d'Artémis, tu vas rencontrer un garçon qui te plaira et tu verras à quel point une idylle peut être agréable.

— Ha! J'ai beau être la déesse de la chasse, de la forêt et de la lune, jamais on ne me retrouvera raide morte pour un jeune dieu.

Fouillant dans son carquois, Artémis y trouva un sachet de gâteries et les lança en direction de ses chiens. Ils se précipitèrent tous les trois et engloutirent les biscuits pour chiens en un temps record.

— Personne ne t'attrapera jamais raide morte pour quoi que ce soit, lui rappela Perséphone en riant. Nous sommes des déesses : nous sommes immortelles!

Hadès sourit à la pâle et menue Perséphone, semblant s'amuser de sa petite plaisanterie. Un peu plus tôt au cours de l'année scolaire, il avait été préoccupé et mal dans sa peau, mais il semblait plus heureux depuis que Perséphone et lui étaient devenus de si bons amis. Les idylles fonctionnaient sans doute pour certains, mais cela n'intéressait tout simplement pas Artémis.

— On se voit à l'école! lança Perséphone.

Se tenant main dans la main, Hadès et elle partirent ensemble, grimpant la montagne en volant au ras du sol vers l'Académie du mont Olympe.

Au même moment, Artémis entendit au loin un faible *Ping! Ping! Ping!* et la voix du héraut parvint à leurs oreilles.

— La quatrième période de cours de l'Académie du mont Olympe commencera dans 10 minutes.

— Oh non! Je ne peux pas arriver en retard au cours d'héros-ologie! dit Athéna. En en plus, j'ai besoin de temps pour me recoiffer.

— Comme nous toutes, ajouta Aphrodite, qui se mit à détailler Artémis de pied en cap alors qu'elle rangeait son miroir.

— Prenons mon char, dit Artémis, sans relever l'allusion. Ce sera plus rapide que les sandales.

Aucun autre élève n'avait son char à l'école, mais Zeus avait fait une exception pour elle, après que quatre cerfs l'eurent raccompagnée à la suite d'une sortie scolaire au mont Parnasse dans le sud de la Grèce lorsqu'elles étaient en deuxième année. Ils étaient devenus ses animaux de compagnie et tiraient son char depuis ce temps. Elle attirait comme ça tous les animaux, qui devenaient instantanément ses amis : sangliers, chèvres, renards… Elle avait même eu un ours comme compagnon en quatrième, mais le directeur Zeus avait posé un veto : trois chiens et quatre cerfs, c'est tout ce qu'elle pouvait garder, un point c'est tout.

À l'appel d'Artémis, les quatre cerfs blancs aux bois dorés bondirent hors de la forêt, tirant le char.

— Allez, montez, lança-t-elle à ses compagnons.

Sautant à bord, elle attrapa les rênes. Tout le monde s'entassa dans le char, chiens y compris. Le char s'éleva et, tous ensemble, ils filèrent hors de la forêt et se dirigèrent vers l'école en longeant le flanc de la montagne.

2

Le nouveau

Dès que le char eut atterri devant l'Académie du mont Olympe, les cerfs se dételèrent eux-mêmes comme par magie et partirent en gambadant pour aller brouter dans les jardins avoisinants. Apollon et les trois jeunes déesses grimpèrent quatre à quatre l'escalier de granite étincelant qui menait à l'école majestueuse. Entièrement construite en marbre blanc poli, l'AMO comptait cinq étages et était entourée de toutes parts de dizaines de colonnes ioniques. Après avoir passé les portes de bronze au haut de l'escalier, ils détachèrent leurs sandales ailées et les jetèrent dans une corbeille communautaire. Enfilant leurs sandales ordinaires, ils partirent chacun de leur côté, se dépêchant d'arriver à temps en classe.

Artémis se précipita dans le couloir vers son casier, se frayant un passage entre les étudiants qui étaient venus chercher quelque chose entre les cours et qui discutaient entre eux. Ses chiens sautillaient sur ses talons, langue tirée, en faisant des cabrioles parmi une forêt de

jambes et de pieds chaussés de sandales.
Le couloir était comme une course à obs-
tacles pour eux et jouer à l'esquive-
étudiants était l'un de leurs jeux préférés.
Artémis lançait quelques «désolée» et
«excusez-moi» à leur place. Mais les
chiens étaient totalement inconscients
des regards étonnés et parfois ennuyés
qu'on pouvait leur lancer.

— Casier numéro 133, ouvre-toi, s'il
te plaît! cria-t-elle à son casier quatre
mètres plus loin.

Elle entendit le cliquetis de la combi-
naison du cadenas. Juste au moment où
elle s'arrêtait précipitamment devant le
casier, la longue porte de bois étroite
s'ouvrit à la volée.

Avant même qu'elle puisse les attraper, son rouleau de texte rouge du cours d'héros-ologie et son *Manuel de l'apprentie déesse* rose en dégringolèrent. *Bing! Bang!* Ils tombèrent sur le sol de marbre. Elle les ramassa et essaya de les faire rentrer dans le casier déjà plein à craquer.

Floc! Un gros sac de biscuits pour chiens s'échappa du casier. Elle ne réussit pas à le retenir avec son coude, et il faillit lui tomber sur les orteils. Le sac s'ouvrit au contact du sol, envoyant dans toutes les directions des biscuits multicolores en forme d'os. Suez et les deux autres chiens se précipitèrent sur les gâteries, leurs griffes glissant et dérapant sur le plancher poli. Quelques instants après, ils se goinfraient dans un enchevêtrement de pattes, de museaux et de queues qui faisait penser à un bretzel canin géant.

— Houla! s'exclama quelqu'un derrière elle.

Jetant un œil par-dessus son épaule, Artémis vit un jeune homme blond qu'elle ne connaissait pas glisser sur les biscuits pour chiens. Les bras battant l'air comme un moulin à vent, il luttait pour conserver son équilibre en même temps que les chiens d'Artémis se cognaient sur lui de tous côtés. Ses rouleaux de texte et son sac lui échappèrent, et il tomba sur les genoux.

— Désolée! lui lança-t-elle. Ça va?

— Non! répondit-il en fronçant des sourcils sombrement et en se remettant sur pied.

Les biscuits craquèrent sous ses sandales alors qu'il se penchait pour ramasser ses effets dispersés sur le plancher.

— J'ai dit que j'étais désolée, marmonna Artémis.

Et puisqu'il ne semblait pas blessé, elle reporta son attention sur son casier. En retenant le contenu d'une main, elle fourrageait dans la pile du mieux qu'elle pouvait de l'autre main.

— Rouleau de texte de beautéologie… Es-tu là? demanda-t-elle.

Elle tendit l'oreille pour écouter, mais le rouleau ne répondait pas.

«Où aurais-je bien pu le laisser? J'espère qu'il n'est pas dans ma chambre», pensa-t-elle.

Elle n'aurait jamais le temps de grimper les quatre étages pour aller le chercher.

Derrière elle, le jeune homme blond s'approcha d'un casier à quelques pas du sien, mais elle ne lui accordait pas beaucoup d'attention. Étirant le cou pour regarder derrière lui, elle réussit à apercevoir le cadran solaire dans la cour par la fenêtre située de l'autre côté de la rangée de casiers. Plus que cinq minutes avant le début du cours!

Les professeurs ne savaient-ils pas que le voyage de retour entre la Terre et l'AMO exigeait un certain temps? Les étudiants devraient avoir un peu plus de temps entre les cours les jours où il y avait une chasse pendant le cours de bêtes-ologie, mais bien entendu ce n'était pas le cas. Les règles de l'école pouvaient parfois être si stupides.

Elle se mit à renifler l'air. Il y avait une drôle d'odeur tout à coup. Elle rentra la tête à l'intérieur du casier. Beurk. S'agissait-il d'un ancien goûter qu'elle aurait oublié là-dedans? Eh bien, quoi qu'il en soit, elle n'avait pas le temps de faire quoi que ce soit à l'instant même. Et de toute manière, cela finirait bien par arrêter de sentir, n'est-ce pas ?

Soudainement, un chien qu'elle n'avait jamais vu avant sortit de nulle part et fit un bond en sa direction. C'était un petit chien, de la taille d'un chat environ, avec un pelage blanc, long et lustré. Il courait tout autour d'elle en aboyant.

Oubliant instantanément sa hâte de se rendre en classe, elle s'agenouilla et flatta la fourrure soyeuse de l'animal, dans laquelle était attachée une petite boucle bleue. Une plume et quelques papiers glissèrent hors de son casier et tombèrent sur le sol autour d'elle sans qu'elle s'en rende compte.

— Oh! Tu es adorable. Mais qui es-tu? demanda-t-elle en essayant de le faire tenir tranquille suffisamment longtemps pour pouvoir lire ce qui était écrit sur la médaille en forme d'étoile fixée à son collier.

Les mots « J'APPARTIENS À ORION » étaient gravés sur la médaille. Elle la retourna, mais il n'y avait aucun autre renseignement.

— Hum… Je n'y vois pas ton nom.

— Sirius, dit une voix tout près derrière elle.

C'était le garçon qui avait glissé sur les biscuits pour chiens.

— Oui, je suis sérieuse; son nom n'est pas du tout écrit sur sa médaille.

— Non, je veux dire que c'est comme ça qu'il s'appelle. Sirius. Il est à moi.

Se penchant, il caressa le chien qui commença à se trémousser dans tous les sens pour montrer sa joie de le voir.

— Il est si mignon.

Se redressant, Artémis se leva pour lui remettre le chien. Elle n'avait pas pris le temps de bien regarder le garçon la première fois. Mais maintenant, en se relevant avec son petit chien dans les bras, elle leva les yeux et les leva encore… pour voir une paire d'yeux bleu pâle bordés des cils les plus longs et les plus foncés qu'elle ait jamais vus chez un garçon. Il était plus grand qu'elle d'au moins 15 centimètres et il était bronzé.

— Alors, j'imagine que tu dois être…

— Orion, termina-t-il à sa place.

Prenant son chien, il le déposa sur le sol, où il se joignit aux chiens d'Artémis pour chaparder quelques biscuits. Puis, d'un vif mouvement du poignet, Orion ouvrit le cadenas de son casier, à quelques pas du sien.

— Je suis nouveau ici, je commence aujourd'hui.

Cela expliquait pourquoi elle ne l'avait jamais vu auparavant.

Orion ouvrit la porte de son casier et y empila les cinq rouleaux de texte qu'il avait dans les mains. Sa peau chatoyait légèrement lorsqu'il bougeait, comme si elle avait été saupoudrée de brillants dorés. Seuls les immortels comme Artémis et ses amies les déesses avaient la peau qui chatoyait de la sorte. Par conséquent, il devait certainement être un jeune dieu.

Se sentant étrangement attirée par ce séduisant jeune homme, elle fit la moitié d'un pas vers lui.

— Je m'appelle Artémis, déesse de la chasse.

Pourquoi la regardait-il si bizarrement, comme si quelque chose clochait chez elle? Puis il jeta un coup d'œil en biais et regarda l'intérieur de son casier d'un air critique. Elle se retourna pour voir le fouillis elle aussi.

— Hum… Je cherchais mon rouleau de texte du cours de beautéologie. Déesse de la chasse, alors je suis toujours en chasse pour quelque chose, tu vois ?

Sa petite plaisanterie tomba à plat. Se sentant gênée de son désordre, Artémis tenta de fermer la porte du casier. Mais celle-ci refusait de se refermer. Appuyant sur la porte de tout son poids avec son épaule, elle poussa autant qu'elle put, et enfin le cadenas se referma.

— Si tu le rangeais de temps en temps, tu pourrais peut-être trouver tes choses, dit-il.

— Je l'ai rangé, protesta Artémis. Une fois, en deuxième année, poursuivit-elle en se mettant à rire.

Encore cette fois, Orion ne rit pas avec elle. Elle tripotait le médaillon représentant les lettres «ADS» accroché à la chaîne qu'elle portait au cou et que toutes ses amies portaient aussi, en le regardant disposer proprement les rouleaux de texte qu'il mettait dans son casier en piles bien nettes formant des colonnes de papyrus de 60 centimètres de hauteur. Pendant qu'elle le regardait, il sortit un petit miroir de son sac et l'accrocha à l'intérieur de la porte au niveau des yeux. Admirant son reflet, il commença à lisser ses cheveux avec ses doigts, pour réparer les dommages causés par sa chute. Ses cheveux blonds étaient dressés comme des épines.

«Comment fait-il ça?» se demanda-t-elle, fascinée.

— Wouf! Wouf!

Ses chiens avaient fini de manger et ils couraient le long des couloirs, jouant à pourchasser leur nouvel ami.

— Tranquilles, les garçons! Vous allez nous attirer des ennuis, dit-elle en faisant de son mieux pour les calmer.

Orion était trop occupé à examiner son horaire de cours pour remarquer ce qui se passait. L'enfonçant dans la poche, il sortit ensuite un rouleau de texte lavande de son casier. Deux petits masques, l'un souriant et l'autre soucieux, pendaient aux extrémités du ruban violet qui le retenait. C'étaient les symboles du théâtre, de la comédie et de la tragédie.

Comme il refermait son casier, Artémis montra d'un mouvement de la tête le rouleau qu'il avait choisi.

— Tu suis des cours d'art dramatique ?

— Han-han.

Ses yeux s'illuminèrent d'un soudain enthousiasme.

— J'ai toute une réputation d'acteur et d'orateur là-bas chez moi. Peut-être as-tu entendu parler de moi ? Orion Létoile ? Je suis ici à l'AMO dans le cadre d'un échange d'étudiants étrangers. Invité par le directeur Zeus lui-même.

— Non, désolée. Je ne vais pas vraiment au théâtre, sauf pour voir des événements sportifs, admit-elle.

Puis, inquiète de l'avoir peut-être blessé, elle s'empressa de continuer :

— Mais je suis certaine que tu dois être un acteur fantastique, si Zeus le croit.

En guise de réponse, Orion mit une main sur son cœur. Une expression vague se peignit sur son visage.

— Ça va ? lui demanda Artémis, soudainement un peu inquiète pour sa santé.

Au lieu de répondre, il fit un geste du bras, aussi gracieux que celui d'un danseur apollinien. Le regard au loin, il commença à parler.

— Mais comme tu m'as reproché tout à l'heure, Socrate, de faire un éloge maladroit de l'astronomie, je vais la louer maintenant d'une manière conforme au point de vue sous lequel tu l'envisages. Il est, ce me semble, évident pour tout le monde qu'elle oblige l'âme à regarder en haut et à passer des choses d'ici-bas aux choses du ciel.

Il s'arrêta et lui fit un sourire en coin.

— C'est un petit extrait de *La République*, écrit par le philosophe Platon, poursuivit-il. Ça te plaît ?

— Euh, ouais, marmonna-t-elle, momentanément éblouie par son sourire radieux et éclatant.

Bien qu'elle n'aurait su reconnaître un bon acteur d'un mauvais, ce qu'elle venait d'entendre lui avait paru plutôt impressionnant.

Ping! La dernière cloche retentit. Le cours était sur le point de commencer.

Orion se retourna à demi, jetant un coup d'œil dans le couloir maintenant désert.

— J'imagine que je dois y aller, maintenant, dit-il.

— L'art dramatique, c'est par là. Dans l'aile suivante, lui dit-elle en lui indiquant la direction. Tu veux que je te montre le chemin ? ajouta-t-elle après un moment d'hésitation.

La classe d'Orion était dans la direction opposée à la sienne ; elle n'était pas tout à fait certaine de savoir pourquoi elle lui avait fait cette proposition. Mais en dépit de leurs débuts un peu houleux, parce qu'il avait glissé sur ses biscuits de chiens et tout ça, elle avait le sentiment qu'il pourrait se révéler être le garçon le plus intéressant qu'elle ait jamais connu, Apollon mis à part, bien entendu. Elle désirait continuer à parler avec lui, et elle se fichait bien d'arriver en retard à son propre cours.

— Bien sûr. Merci.

Orion siffla, et son chien arriva en batifolant. Il se pencha pour le ramasser, et le chien commença à lui lécher le menton. Il sourit, en tapotant la tête blanche et duveteuse de Sirius, puis le remit par terre.

— Il m'adore, que veux-tu?

C'était plutôt chouette qu'il aime les chiens autant qu'elle. Elle se demanda ce qu'ils pouvaient avoir d'autre en commun. Ils avancèrent ensemble dans le couloir, leurs quatre chiens trottinant autour d'eux.

— J'ai oublié de te présenter mes chiens, dit Artémis. Celui-là s'appelle Suez. C'est le nom de Zeus épelé à l'envers. Le beagle s'appelle Amby, en l'honneur de l'ambroisie, mon plat préféré. Et lui c'est mon lévrier, Nectar, nommé ainsi, eh bien, en l'honneur du nectar.

Elle montrait chacun des chiens du doigt à mesure qu'elle les présentait.

— Intéressant, dit-il, mais sans avoir l'air d'écouter réellement.

— Quelle sorte de chien est Sirius ?

— Un bichon maltais, dit-il en commençant à marcher plus vite.

— Oh.

Elle accéléra à son tour et commença à parler plus rapidement, essayant de retenir son attention.

— Je n'ai jamais vu de ceinture comme celle-là, dit-elle en montrant les trois étoiles sur la boucle.

— Ce sont en fait des prix d'interprétation.

Ralentissant un peu, Orion toucha les étoiles l'une après l'autre.

— Il s'agit de l'Alnitak, puis de l'Alnilam, et enfin du prestigieux prix Mintaka.

— Chouette, répondit Artémis en hochant la tête poliment, bien qu'elle n'eût jamais entendu parler de ces prix.

Et comme il n'ajoutait rien, elle remplit le silence, babillant jusqu'à ce qu'ils arrivent devant sa classe. Elle ne savait pas pourquoi elle sentait si fort le besoin de se rendre intéressante aux yeux de ce garçon, d'autant plus qu'il ne semblait pas du tout s'intéresser à elle de son côté.

— Eh bien… dit-il lorsqu'ils atteignirent la porte de la salle d'art dramatique.

Encore une fois, il scruta son visage et ses cheveux comme s'il pensait qu'elle

était bizarre. Que regardait-il exactement? Croyait-il qu'elle était mignonne? Et pourquoi s'en souciait-elle? Elle ne s'était jamais sentie comme ça en compagnie d'un garçon, mal à l'aise et excitée à la fois sans savoir pourquoi. Lui avait-il jeté un genre de sort pour qu'elle le trouve sympathique? Si c'était le cas, ça fonctionnait.

À côté de la porte, Artémis remarqua une affiche annonçant la prochaine pièce de théâtre de l'école, intitulée *La flèche*. Elle fit un geste pour montrer l'affiche.

— Est-ce que tu vas essayer d'y jouer?

— Bien entendu, dit-il. J'avais le rôle principal dans chaque pièce présentée à l'école de premier cycle Larissa, chez moi. Je fais du théâtre depuis que je suis en maternelle, alors que j'étais le premier champignon dans la pièce *Héraclès jeune garçon*.

Sirius commença à japper lorsqu'Orion mit la main sur la poignée de la porte pour l'ouvrir. Il soupira et prit son chien dans ses bras, puis se retourna vers elle.

— Hé, voudrais-tu garder tes bleu nuit sur mon chien pendant un moment?

— Hein? mes bleu nuit?

— Tes yeux, ils sont de la couleur de la nuit. Pas tout à fait noirs, ni tout à fait bleus.

— Oh!

Artémis sentit que ses joues devenaient couleur de soleil couchant.
Personne ne lui avait jamais parlé de ses
yeux de cette manière auparavant.

— Alors, je te demandais si tu voulais surveiller Sirius… C'est ma première
journée et j'ai plein de choses à faire. Je
n'ai donc pas vraiment le temps de m'occuper de lui.

Orion lui sourit de ses yeux pétillants.
Comment pouvait-elle dire non?

Elle soupira et sentit un sourire étirer
ses lèvres.

— Pas de problème, s'entendit-elle
lui dire.

— Merci, dit-il en lui faisant un clin d'œil et en lui tendant Sirius. On se voit plus tard.

Artémis et les quatre chiens restèrent plantés là, le regardant disparaître derrière la porte de la classe. Le petit bichon maltais se mit à se lamenter lorsqu'il perdit son maître de vue.

— Je sais ce que tu ressens, mon garçon, lui dit-elle.

Orion était comme un feu d'artifice pétaradant, envoûtant et spectaculaire. Le couloir paraissait en quelque sorte plus sombre depuis qu'il n'était plus là.

— On dirait bien que tu vas devoir passer un peu de temps avec mes chiens

et moi aujourd'hui, poursuivit-elle à l'adresse de Sirius. Allons-y.

Elle lui tapota la tête et le posa sur le sol.

Puis elle se rappela qu'elle n'avait pas trouvé son rouleau de texte de beautéo-logie. Peut-être la prof ne s'apercevrait-elle pas qu'elle n'avait pas son rouleau. Et, par miracle, ni qu'Artémis arrivait en retard.

3

Un gros béguin

— Tu es en retard, ma chère Artémis. Et où est ton rouleau de textes? demanda une voix dès qu'elle mit le pied dans la classe de beautéologie.

Son enseignante, mademoiselle Trois-Grâces, parlait d'une voix élégante au ton harmonieux, même lorsqu'elle était irritée. Et, comme toujours, elle était mise impeccablement, ses cheveux, son chiton

et son maquillage aussi parfaits que si elle s'était préparée pour un dîner élégant plutôt que pour venir enseigner.

— Euh, je n'arrivais pas à le retrouver dans mon casier. Il est un peu en désordre, j'imagine, lui répondit Artémis en refermant la porte.

Lorsqu'elle se retourna, l'enseignante l'observait de plus près, bouche bée. Par tous les dieux ! Que t'est-il arrivé ? Tu as eu un accident ?

— Hein ? Non. Pourquoi ? demanda Artémis.

— Tu… tu ne te ressembles plus, dit enfin mademoiselle Trois-Grâces après avoir cherché le moyen de s'exprimer avec subtilité.

Artémis se précipita vers le miroir de bronze devant la table de cosmétologie et jeta un œil à son reflet. Dieux tout-puissants! Elle était horrible! Des brindilles étaient entremêlées dans ses cheveux. Elle avait de la boue sur une joue. En fait, Aphrodite avait bien tenté de lui dire d'arranger ses cheveux, mais comme elle essayait toujours de proposer des métamorphoses à tout le monde, Artémis n'avait pas compris que cette fois elle en avait réellement besoin. Pas étonnant qu'Orion l'ait regardée si bizarrement. Comme c'était gênant!

Se détournant du miroir, elle frotta la tache de boue sur son visage et se passa les doigts dans les cheveux pour les

débarrasser des brindilles. Puis elle s'arrêta net. Depuis quand se souciait-elle de ce qu'un garçon, mortel ou immortel, puisse penser d'elle? Mais il fallait admettre qu'Orion était plutôt mignon. Séduisant, vraiment. En fait, le garçon le plus séduisant qu'elle n'ait jamais vu. Il ne semblait pas aussi idiot que la plupart des autres garçons. Et il aimait les chiens. Un atout incontestable.

Elle fut choquée de s'entendre soupirer pour lui. Tout comme les nymphes l'avaient fait lorsqu'Apollon et Hadès étaient arrivés dans la forêt un peu plus tôt. Gaga devant les gars.

Artémis quitta la table de maquillage et vint s'asseoir à son bureau, mais ses

pensées troublantes ne la quittèrent pas. Elle n'avait jamais eu le béguin pour aucun garçon avant. Tout le monde savait ça. Orion aimait les chiens... et alors? Il était aussi beau que le mortel Narcisse... Et alors? Elle connaissait des tas d'autres garçons qui aimaient les chiens, et la majorité des jeunes dieux étaient séduisants. Pourquoi lui?

Comme elle s'assoyait à sa place, l'image d'Orion lui vint encore une fois à l'esprit: les yeux bleu pâle, les longs cils noirs, la stature grande et musclée, les cheveux blonds hérissés. Tout cela, ajouté à ses évidentes habiletés pour le théâtre, semblait vraisemblablement indiquer une sorte de qualité pour le vedettariat.

Elle sourit en rêvassant. Pourquoi pas lui? Peut-être, comme l'avait dit Aphrodite, était-il temps qu'elle voie à quel point l'amour peut être fantastique.

— Artémis! entendit-elle dire la voix de l'enseignante, qui la ramena à la réalité. Où as-tu la tête aujourd'hui?

Oh oh. Mademoiselle Trois-Grâces se tenait juste à côté de son pupitre. Artémis jeta un coup d'œil à la ronde. Tous les autres étaient occupés à travailler. Pendant combien de temps avait-elle rêvassé comme ça? Baissant les yeux sur son pupitre, elle s'aperçut qu'elle avait dessiné des cœurs sur son rouleau de notes au lieu de prendre des notes pour le cours.

— Désolée, Mademoiselle Trois-Grâces.

— Vraiment, Artémis.

Jetant un œil sur les cœurs, l'enseignante leva un sourcil à la forme parfaite.

— Puisque tu as oublié ton rouleau de texte et que tu ne peux donc pas faire le travail, tu peux rédiger une dissertation de trois pages sur les merveilles de l'organisation personnelle.

«Beurk», pensa Artémis.

— Vous voulez dire maintenant? dit Artémis avec consternation.

Mademoiselle Trois-Grâces lui jeta un regard sévère.

Avec un grand soupir, Artémis prit sa plume et se mit à écrire. Bien que mademoiselle Trois-Grâces fût une bonne enseignante, Artémis aimait le cours de beautéologie à peu près autant qu'Aphrodite aimait les chasses du cours de bêtes-ologie. Et bien que le cours semblât se prolonger plus longtemps que d'habitude ce jour-là, elle ne réussit pas à terminer son devoir avant que la cloche sonne. Après avoir enroulé le papyrus à moitié rédigé, elle fila hors de la pièce avant que l'enseignante puisse lui demander de rester jusqu'à ce qu'elle ait terminé.

Comme tous les vendredis après-midi à la sortie des classes, Artémis

rencontrait son frère Apollon dans l'arène du Colisée pour s'entraîner au tir à l'arc. Mais ce jour-là, elle amena Sirius avec ses autres chiens. Dès qu'ils arrivèrent, les chiens commencèrent à folâtrer dans le parc voisin, gambadant et trébuchant dans les champs d'asphodèles, d'iris et de fougères.

— C'est qui, ça? demanda Apollon lorsqu'elle apparut, le petit chien blanc sur les talons. Je croyais que le directeur Zeus avait dit que tu ne pouvais garder que trois chiens dans ta chambre.

— Il s'appelle Sirius, mais il ne m'appartient pas. Je le garde, dit Artémis en tirant une flèche de son carquois. Allons,

commençons à tirer pour voir qui réussit la meilleure flèche sur 10.

— D'accord, répondit-il.

Apollon encocha sa première flèche, oubliant tout à fait le chien.

Après deux heures d'entraînement sur les cibles, ils rangèrent leur attirail de tir à l'arc et se dirigèrent vers la cafétéria pour le dîner. Les chiens les suivaient, prêts à manger leur dîner eux aussi. Lorsqu'ils arrivèrent à la porte, ils trouvèrent une flèche magique de 15 centimètres plantée dans le cadre de la porte.

— Artémis et Apollon? demanda la flèche de la même voix qu'aurait un bourdon s'il pouvait parler.

Suez se leva sur ses pattes de derrière et appuya ses pattes de devant sur la porte, reniflant la flèche d'un air intéressé.

Artémis regarda Apollon, qui haussa les épaules, le regard vide.

— Oui, répondit-elle à la flèche. C'est nous.

La flèche recommença à bourdonner.

— Artémis et Apollon… Je vous demande de me suivre… en haut de l'escalier… pour une très…

— Pour une très… quoi? demanda Artémis, abasourdie que la flèche n'en dise pas plus.

— Suivez-moi… et vous verrez, bourdonna la flèche, avec un brin d'impatience.

— Viens, dit Apollon en ouvrant la porte. Allons voir de quoi il s'agit.

— D'accord, mais je meurs de faim. J'espère qu'il y aura de quoi manger là-haut, dit Artémis en guise d'avertissement à la flèche.

Sur ce, la flèche fila à l'intérieur, les précédant dans l'escalier sinueux. Emmenant les quatre chiens, ils la suivirent jusqu'à ce qu'ils atteignent une autre porte. Apollon la poussa pour l'ouvrir, et ils se retrouvèrent dehors, sous la coupole qui surmontait le toit de l'école.

— Joyeux anniversaire!

— Qu-quoi?

Artémis sursauta en entendant les voix d'environ 25 personnes. La coupole était remplie d'élèves de sa classe, y compris, bien sûr, Aphrodite, Athéna et Perséphone, et de quelques amis d'Apollon. Il y avait des ballons partout et un petit amoncellement de cadeaux. Des colombes volaient entre les colonnes qui soutenaient le dôme, y entrelaçant les banderoles colorées qu'elles tiraient derrière elles. La flèche qui les avait menés là fila dans la pièce et alla se ficher dans quelque chose qui était déposé sur une table, rejoignant d'autres flèches pareilles à elle.

— Tu ne croyais tout de même pas que nous t'avions oubliée, n'est-ce pas? demanda Aphrodite.

— Non, dit Artémis, mais moi, presque. Et bien sûr, je ne m'attendais certainement pas à ça. Merci, les filles.

Elle prit ses trois meilleures amies dans ses bras. Et elles firent toutes un câlin à Apollon aussi. Ses amis à lui vinrent le taquiner à ce sujet. Apercevant le goûter, Artémis fonça vers la table. Les chiens y étaient déjà, reniflant le sol pour trouver les miettes qui auraient pu y être tombées.

Disposés sur une longue table de marbre, il y avait des bols de céramique remplis d'ambroisie, des gobelets de punch au nectar et d'énormes sandwichs héros. Mais un grand gâteau rond retint l'attention d'Artémis. Il était décoré comme une cible avec des cercles concentriques faits de glaçage blanc, noir, bleu, rouge et jaune. Et 13 flèches étaient plantées au centre jaune de la cible. Alors qu'Apollon et elle s'approchaient du gâteau, l'extrémité de chaque flèche se mit à scintiller. Artémis se rendit compte que c'étaient des bougies. Elle était la première de ses amies à avoir 13 ans.

— Nous avons confectionné ton gâteau dans le cours de mademoiselle Trois-Grâces ce matin, dit Aphrodite.

— Il est vraiment magnifique, dit Apollon visiblement impressionné.

Une fois qu'ils eurent soufflé les bougies, Artémis se mit à tourner autour du gâteau, en essayant de ne pas trop saliver.

— Alors, quand allons-nous le couper?

Perséphone se mit à rire. Tout le monde savait qu'Artémis avait la dent sucrée.

— Pourquoi pas maintenant? dit-elle.

À ces mots, chacune des chandelles se déplaça vers l'extérieur du gâteau, le coupant proprement en pointes.

— Mangeons, alors! dit Artémis, qui fut la première à remplir son assiette.

Chaque fois que quelqu'un prenait une part de gâteau, une autre la remplaçait, de sorte que le gâteau demeurait entier.

Ses chiens aussi avaient la dent sucrée, de même, apparemment, que le chien d'Orion. Quelques-uns des convives ayant laissé leur gâteau sans surveillance, les chiens s'en régalèrent, se barbouillant le museau de glaçage et laissant tomber des miettes sur le sol qu'ils s'empressèrent d'avaler aussitôt.

— Oups! Je vous avais oubliés, les gars, dit Artémis en se dépêchant d'aller leur trouver quelque chose de plus sain.

Une fois que tout le monde eut fini de manger, Athéna apporta deux boîtes identiques. Elles étaient toutes deux longues et étroites. Elle remit celle qui était décorée avec un ruban doré à Apollon, et la boîte avec le ruban argenté à Artémis.

— Nous nous sommes dit qu'avec la compétition de tir à l'arc qui s'en venait, vous en auriez tous les deux besoin, dit Aphrodite.

Artémis défit son emballage avec excitation. Dans la boîte, elle trouva trois flèches brillantes.

— Des flèches d'argent! dit-elle avec révérence, retenant son souffle.

Jetant un œil du côté de son frère, elle vit qu'il avait reçu pour sa part trois flèches d'or.

— Elles sont parfaites du point de vue de l'aérodynamique, dit Athéna. J'en ai conçu les spécifications, et Héphaïstos a aidé Aphrodite à les fabriquer dans la forge de l'AMO.

Entendant son nom, l'ami d'Aphrodite s'approcha.

— La première s'appelle Opsis, dit-il en s'appuyant sur sa canne. Cela signifie « visée » ; la deuxième est Loxos ou « trajectoire », et la troisième est Hekaergos, qui signifie « distance ».

— Et elles sentent bon, en plus, dit Perséphone. Je les ai parfumées, de sorte que chacune dégage une odeur florale naturelle lorsqu'elle s'élance dans les airs.

— Wow ! dit Artémis en flattant les flèches avec amour.

Apollon jeta un coup d'œil alarmé à Perséphone.

— Pas de parfum sur les miennes, j'espère.

— Non, dit-elle en riant. Les tiennes sont conçues pour jouer les chansons que tu fais avec ton groupe. Dionysos nous a aidées pour ça.

Le groupe d'Apollon se nommait Voûte céleste et jouait lorsqu'il y avait des soirées de danse à l'école.

Artémis se sentait si comblée qu'elle faillit verser des larmes. Mais elle se reprit et tendit une flèche dans les airs pour l'examiner de haut en bas.

— Elle est droite et précise. Et c'est le plus beau cadeau qu'on ne m'ait jamais offert. Oh ! Merci, merci beaucoup.

Sautant sur les pieds, elle fit encore une tournée de câlins à ses amies. Comme s'ils s'inquiétaient de manquer quelque chose, les quatre chiens entourèrent les filles et essayèrent de s'insinuer entre elles. Artémis se mit à rire et les enlaça eux aussi.

— Alors, que prévoyez-vous faire cette fin de semaine ? demanda Athéna à Artémis et Apollon une fois que les choses se calmèrent. Quelque chose d'amusant pour votre anniversaire ? Peut-être aller au parc aquatique Poséidon en bas sur Terre ?

— Ou les courses à pied olympiques, songea tout haut Apollon. Qu'en penses-tu, Artémis ?

— Eh bien… en fait, je pensais aller voir les auditions pour la pièce de théâtre de l'école, annonça Artémis. Elles auront lieu demain.

Apollon se mit à rire en allant chercher une deuxième part de gâteau.

— Ha! Elle est bien bonne. Quelle belle journée!

— Sérieusement, dit Artémis. Je veux voir les auditions.

La mâchoire inférieure d'Apollon s'affaissa, et il resta bouche bée, la fourchette à mi-chemin entre l'assiette et sa bouche.

— Pourquoi cet intérêt soudain pour l'art dramatique?

— Et pourquoi pas? répondit Artémis en se penchant pour prendre Sirius.

Il lui donnait des petits coups de patte sur la jambe, et elle se demandait s'il s'ennuyait d'Orion et s'il n'était pas un peu dépassé par toute cette agitation.

— Ne me dis pas que tu as un autre chien ? dit Aphrodite, horrifiée.

Apparemment, elle n'avait pas remarqué Sirius jusque-là. Pas étonnant. Elle n'avait jamais été très attirée par les chiens et elle s'efforçait de les ignorer.

— Il n'est pas à moi, la rassura Artémis. Je m'en occupe pour rendre service à un ami.

— Le jour de ton anniversaire ? demanda Athéna avec surprise.

— Pour qui ? dit Perséphone en même temps.

— Pour le nouveau jeune dieu, Orion, dit Artémis. L'as-tu rencontré? Il est ici dans le cadre du programme d'échange.

Apollon, qui avait commencé une partie de fléchettes avec Héphaïstos, Hadès et Dionysos, se retourna vers elle.

— Orion n'est pas un dieu, dit-il en fronçant les sourcils. T'a-t-il dit qu'il l'était?

— En fait, non, dit Artémis en secouant la tête.

Mais il l'était certainement. Il était tout à fait séduisant, et il avait la peau chatoyante!

— C'est un mortel, dit Apollon.

— Vraiment? dit Artémis en écarquillant les yeux. Mais sa peau est si... chatoyante.

Apollon croisa les bras, prenant un air supérieur. Derrière lui, la partie de fléchettes continuait.

— T'es-tu rendue au marché des immortels récemment? Il y a une nouvelle boutique qui s'appelle Vapo à gogo.

— J'en ai entendu parler! dit Aphrodite. Ils y vendent toutes sortes de peintures et vaporisateurs lavables pour le corps.

— C'est ça, dit Apollon en hochant la tête. Orion nous a dit qu'il avait acheté un flacon d'un produit qui s'appelle

Peaudedieu et qu'il s'en était enduit. Peau luisante instantanée, poursuivit-il en claquant des doigts.

— Du faux brillant pour nous ressembler? dit Perséphone en secouant la tête. Qu'est-ce que ces mortels vont bien pouvoir inventer ensuite?

— L'imitation est la plus sincère des flatteries, cita Athéna.

Sirius avait commencé à gigoter dans les bras d'Artémis; elle le posa donc par terre. Il détala pour aller rejoindre ses chiens qui léchaient les restes de glaçage dans les assiettes abandonnées.

— Comment sais-tu tout ça? demanda-t-elle à son frère.

— Orion me l'a dit lui-même. Il est dans mon cours d'olympicologie, dit Apollon.

— Je me souviens être passée à côté de lui dans le couloir ce matin, ajouta Perséphone. Il n'a pas répondu lorsque je l'ai salué. J'ai cru qu'il était un peu timide.

— Timide! Tu plaisantes! Il prend beaucoup de place, dit Apollon. Lorsque l'entraîneur Triathlon lui a demandé de se présenter, il nous a tenus pendant au moins 10 minutes.

— Qu'a-t-il dit? ne put s'empêcher de demander Artémis.

— Je ne sais pas, dit Apollon en levant les yeux au ciel. J'ai décroché après une minute. Quelque chose au sujet de son rêve de devenir une étoile.

— Une étoile? demanda Perséphone en regardant le ciel d'un air perplexe.

— Une vedette, clarifia Apollon.

Se retournant vers le jeu de fléchettes, il continua à jouer.

— Il va probablement aller aux auditions demain à l'amphithéâtre, alors, dit Aphrodite en jetant un coup d'œil spéculatif à l'endroit d'Artémis.

Avait-elle deviné le vrai motif de sa soudaine fascination pour le théâtre?

— J'ai vu une affiche à ce sujet, la pièce s'appelle *La flèche*, dit Artémis rapidement. Naturellement, tout ce qui parle de tir à l'arc attire mon attention.

— J'en ai entendu parler aussi, dit Perséphone en jetant un coup d'œil à Athéna, dont le père était le directeur de l'école. C'est le directeur Zeus qui est le metteur en scène, n'est-ce pas?

— Oui, dit Athéna en hochant la tête. C'est un drame au sujet d'Éros et de Psyché.

— J'espère décrocher le premier rôle, dit un jeune dieu aux yeux couleur de raisin violet. Comédien talentueux, Dionysos avait toujours le premier rôle dans chacune des pièces présentées par l'école. Il était réputé en bas sur Terre aussi. Il y avait même un festival d'art dramatique en son honneur tous les ans à Athènes, en Grèce.

— Fichtre, je me demande si tu vas obtenir le rôle, dit Aphrodite en lui souriant.

Dionysos sourit à son tour et haussa les épaules en se passant les doigts dans ses cheveux noirs et bouclés et autour des deux petites cornes qui dépassaient sur le dessus de sa tête.

— Je vais peut-être essayer moi aussi, poursuivit Aphrodite. J'adorerais jouer le rôle de Psyché, la nymphe.

— Nous pourrions les aider pour les décors, suggéra Perséphone à Hadès.

— Bien sûr, convint-il d'un air distrait en visant pour lancer sa fléchette.

— Moi, je participe déjà, dit Athéna. Papa m'a demandé de diriger le chœur grec avec ma flûte.

— Ouais! cria Apollon en guise de félicitations pour Hadès qui avait atteint le cœur de la cible, avant de se retourner vers Athéna.

— Est-ce qu'il s'agit d'une tragédie ou d'une comédie? lui demanda-t-il.

— Un peu des deux, je crois, dit-elle, puis elle les regarda à tour de rôle, lui et Artémis. Peut-être devriez-vous essayer tous les deux. Papa m'a mentionné qu'il aurait besoin d'acteurs habiles au tir à l'arc.

— Ça, ce serait vraiment une tragédie, répondit Apollon. Aucun de nous deux ne peut jouer la comédie, et encore moins un drame.

— Parle pour toi, dit Artémis, bien que secrètement elle pensait qu'il avait probablement raison.

— Tu fais ce que tu veux, dit son frère en se mettant à rire. Mais moi, je vais m'en tenir au tir à l'arc sur le terrain de sports, merci bien. Il y a beaucoup d'autres bons archers qui essaieront, comme Dionysos.

Après cela, la conversation dévia sur autre chose, puis la fête prit fin. Ce soir-là dans sa chambre, Artémis termina la dissertation sur l'organisation que mademoiselle Trois-Grâces lui avait donné à faire. Regardant le désordre de sa chambre, elle doutait que ce devoir change quoi que ce soit. Elle était simplement désorganisée. La plupart du temps, elle ne se donnait même pas la peine de suspendre ses vêtements à un cintre. Et à quoi bon faire son lit ou ranger son casier? De toute manière, ce serait à recommencer encore et encore. Si elle avait pu modifier le titre de la dissertation pour «Les merveilles du désordre», elle aurait pu l'écrire en un rien de temps!

Une fois arrivée l'heure d'aller au lit, Orion n'était pas encore venu chercher son chien, et celui-ci semblait plutôt inquiet. Chaque fois que Sirius entendait des pas dans le couloir, il relevait la tête avec espoir et tournait les oreilles vers la porte. Lorsque les bruits de pas s'évanouissaient, il reposait son museau touffu sur ses pattes et poussait presque un soupir nostalgique. Artémis allait dire le fond de sa pensée à Orion le lendemain pour avoir abandonné son pauvre toutou dès son premier jour dans un nouvel endroit.

Mais peut-être allait-elle tout de même porter son plus beau chiton, si elle arrivait à le trouver, et se brosser les cheveux. Juste pour qu'il voie qu'elle n'était pas toujours aussi débraillée.

4

Les auditions

Le lendemain matin, Artémis revêtit son plus beau chiton, le rouge, qu'elle retrouva dans un tas de vêtements sur le sol. En cherchant sa ceinture, elle marcha sur quelque chose.

— Ouch !

C'était une pince à cheveux qu'Aphrodite lui avait offerte bien des années plus tôt, cachée sous un vieux chiton troué qu'elle portait comme che-mise de nuit. La pince était jolie. Pour-quoi ne l'avait-elle jamais portée avant? Ramassant ses cheveux sur le dessus de sa tête, elle fixa la bande dorée autour, puis attacha sa ceinture et attrapa son arc et ses flèches. Comme elle n'avait pas de miroir, elle regarda son reflet dans la vitre de la fenêtre éclairée par le soleil. Elle paraissait… jolie. Mais elle ne manqua pas de remarquer que même son plus beau chiton était un peu froissé. Et c'était quoi cette petite tache sur son épaule? Elle plaça la courroie de son carquois de manière à la cacher et lissa les plis de sa robe du mieux qu'elle put.

Satisfaite, Artémis siffla Sirius et ses chiens.

— Allons-y, les gars !

Ensemble, ils se hâtèrent vers l'amphithéâtre où avaient lieu les auditions.

Comme d'habitude, les chiens étaient d'humeur enjouée, courant à gauche et à droite, pourchassant tout ce qui bougeait. Sirius semblait s'être pris d'amitié pour Amby, le beagle, et lui mordillait la queue et les oreilles. Lorsqu'Amby en eut assez et commença à le repousser en le pourchassant, Sirius l'esquivait en passant sous les deux autres chiens.

— Hé, les chiens, tranquilles ! s'exclama Artémis quand ils manquèrent de la faire trébucher.

Lorsqu'ils arrivèrent, la majorité des places étaient occupées, et les auditions avaient déjà commencé.

Comme elle descendait l'une des allées, la voix du directeur Zeus gronda.

— Eh bien?

Effarée, elle sursauta, mais elle se rendit vite compte qu'il parlait aux acteurs.

Mesurant plus de deux mètres de hauteur, les muscles saillants, la barbe rousse bouclée et les yeux bleus perçants, Zeus était plutôt intimidant. De larges bandes dorées encerclaient ses poignets, et il portait toujours une ceinture décorée d'un éclair. Comme la plupart des étudiants de l'AMO, Artémis avait un peu peur de lui.

Le héraut de l'école consulta le rouleau qu'il tenait à la main. Puis il frappa la cloche-lyre avec le minuscule maillet qu'il avait toujours sur lui.

Ping ! Ping !

— Pandore et Dionysos, veuillez monter sur la scène pour votre audition ! lança-t-il de sa voix claire.

Apercevant Aphrodite sur un banc de pierre à la troisième rangée, Artémis alla s'asseoir avec elle. À sa grande surprise, Apollon était assis, une rangée derrière elle, avec Héphaïstos, Poséidon et quelques autres jeunes dieux. Depuis quand s'intéressait-il à l'art dramatique ?

Prenant place, elle ordonna à ses chiens de se coucher. Fatigués d'avoir tant joué en chemin, ils obéirent. Suez se coucha en boule en posant sa tête sur les pieds de sa maîtresse, et les autres prirent place dans l'allée, à sa gauche. Aphrodite se tassa vers la droite aussi loin des chiens que possible. Entre-temps, Pandore et Dionysos montaient sur scène comme on le leur avait demandé.

Artémis se pencha vers l'arrière pour murmurer à Apollon :

— Que se passe-t-il ? Je croyais que tu ne voulais pas auditionner pour les scènes de tir à l'arc.

— Et moi, je croyais que c'était pareil pour toi.

— Moi ? Je suis ici pour regarder seulement. Et pour encourager Aphrodite lorsque ce sera son tour. Et pour rendre son chien à Orion.

— Ouais ? Eh bien, moi je suis simplement ici pour encourager Dionysos pour son audition, alors…

— À vos places ! tonna le directeur Zeus, attirant l'attention de tout le monde.

Apollon et Artémis sursautèrent tous les deux et, sur la scène, Pandore laissa tomber son scénario de saisissement.

— Côté cour ! ordonna Zeus pendant que Pandore se penchait pour le reprendre.

Fronçant légèrement les sourcils, le héraut se pencha vers le directeur et lui murmura quelque chose à l'oreille.

— Ah, ouais, je les confonds tout le temps, répondit Zeus. Je veux dire, côté jardin ! lança-t-il aux acteurs.

— Alors, comment ça se passe ? demanda Artémis à Aphrodite.

— Trois candidates sont déjà passées. Je serai la dernière, après Pandore. Elle veut le rôle de Psyché elle aussi. Nous sommes cinq à auditionner pour le premier rôle.

— Et pour le rôle d'Éros ? demanda Artémis, espérant qu'elle n'avait pas manqué l'audition d'Orion pour le rôle principal masculin.

— Ils sont cinq à auditionner pour ce rôle-là aussi.

Soudainement, elle balaya Artémis des yeux, remarquant ses cheveux coiffés et son chiton élégant.

— Hé! Tu es toute belle, ajouta-t-elle.

— Merci, répondit Artémis.

Elle désirait certainement en savoir plus au sujet d'Orion, mais elle ne voulait pas éveiller les soupçons d'Aphrodite. En effet, celle-ci excellait à déceler tout signe de romance, et ce serait tout à fait elle de faire tout un plat de l'intérêt qu'Artémis portait à Orion. Car ce n'était pas ça. Enfin, pas vraiment.

Quelque part au loin, elle entendit de la musique et un chant. Hors de leur vue derrière la toile de fond, des étudiants avaient commencé à répéter pour le chœur grec qui faisait partie de chaque pièce de théâtre. Leur travail consistait à faire la narration de l'histoire à mesure qu'elle se déroulait, pour aider les specta-teurs à comprendre ce qui se passait. Et, selon son professeur de musicologie en quatrième, pour expliquer les thèmes et la signification plus profonde de certains événements. Le chœur chantait au son d'une douce musique où l'on reconnais-sait sans s'y tromper les notes de la flûte d'Athéna.

À l'arrière de la scène, des étudiants maniaient pinceaux et marteaux pour fabriquer les toiles de fond et les éléments

de décor. Perséphone peignait des asphodèles, des marguerites et des narcisses
sur une colline verdoyante, et Hadès, de
grandes langues de feu qui sortaient
de la bouche d'un dragon.

— Allez, réplique, nymphe! tonna
Zeus.

Désormais placée du côté droit de la
scène, Pandore sursauta de nouveau en
entendant sa voix grave.

— Qui? Moi? dit-elle en tapotant
nerveusement sa frange, qui se décou-
pait en forme de point d'interrogation
sur son front.

— Oui, toi. Quand je dis «réplique»,
cela signifie que tu dois commencer,

expliqua Zeus en tapant le sol du pied avec impatience.

Hochant la tête nerveusement, Pandore se tourna vers Dionysos. Tenant son scénario d'une main, elle posa son autre main sur son cœur.

— Oh! Éros, dieu de l'amour, ne me blesse pas de tes flèches?

— La blessure ne fera que te rendre amoureuse, rien de plus, la rassura Dionysos.

Bien qu'il ait parlé calmement, sa voix semblait remplir la salle de sa puissance et de sa beauté. Même Artémis, qui n'avait jamais vu de pièce de théâtre de sa vie, put voir qu'il était bon acteur.

— Je ne te crois pas? dit Pandore en battant des cils à son endroit. Car je ne suis qu'une nymphe, et par conséquent, je ne suis pas immortelle?

— Très bien, vous deux, les interrompit Zeus. Mais, Pandore, s'il te plaît essaie de ne pas transformer chaque réplique en question.

Pandore le regarda avec étonnement.

— Oh, désolée, Monsieur le directeur Zeus, c'est ce que je faisais? Comment ai-je pu ne pas m'en rendre compte?

Les larges épaules de Zeus se soulevèrent légèrement, puis retombèrent, et Artémis eut le sentiment qu'il soupirait. Elle savait comment il pouvait se sentir.

Pandore était adorable, mais ses questions à la chaîne et sa curiosité lui portaient parfois sur les nerfs à elle aussi. Pauvre Athéna, qui devait vivre avec Pandore, car elles étaient compagnes de chambre.

Peu de temps après, l'audition de Pandore et de Dionysos prit fin. Comme ils quittaient la scène, Zeus fit un signe de tête en direction du héraut. Celui-ci frappa de nouveau sa cloche-lyre.

Ping !

— Aphrodite et Orion, veuillez vous présenter sur la scène pour votre audition ! cria-t-il.

— Tu me souhaites bonne chance ? dit Aphrodite en se levant et en lissant son chiton couleur d'écume de mer.

— Coupe-leur le souffle, dit Artémis.

Une douzaine d'autres jeunes dieux et jeunes déesses souhaitèrent bonne chance à Aphrodite lorsqu'elle monta l'escalier à la gauche de la scène. C'était la fille la plus populaire de l'école. Et plus particulièrement auprès des jeunes dieux, qui se bousculaient presque pour attirer son attention. Artémis croyait qu'elle allait obtenir ce rôle haut la main.

Mais cela signifiait que si Orion obtenait le rôle d'Éros, Aphrodite et lui passeraient beaucoup de temps ensemble.

« Humm. »

Artémis ne put s'empêcher de remarquer que le chiton d'Aphrodite n'était ni froissé ni taché. Elle était resplendissante, ce à quoi Artémis ne pourrait jamais aspirer. Et si Orion décidait qu'Aphrodite lui plaisait? Artémis n'aima pas du tout cette idée.

Orion monta sur la scène à partir des marches qui étaient situées du côté opposé. En le voyant, Artémis se redressa sur son siège. Son cœur se mit à battre un peu plus vite. Son estomac se noua d'une manière inconnue.

— Artémis, dit Apollon en lui tapant sur l'épaule de derrière. Que dirais-tu d'un petit entraînement de tir à l'arc avant...

— Chuuut! dit-elle en le repoussant.

Ses yeux étaient rivés sur Orion comme il traversait la scène d'un pas nonchalant. Sa peau dorée luisait, ses yeux bleus scintillaient, ses épaules larges paraissaient encore plus larges que dans son souvenir dans sa toge turquoise. Soudainement, elle regretta de ne pas être assise plus près de l'action.

— Artémis?

C'était encore Apollon. Pourquoi était-il si agaçant, tout d'un coup?

— Plus tard, dit-elle en agitant la main pour lui signifier de s'en aller. Je veux rester pour assister à l'audition d'Ori… Hum, je veux dire, d'Aphrodite. Et je croyais que tu voulais encourager Dionysos, lui rappela-t-elle. Il n'a pas encore obtenu le rôle, tu sais.

Apollon soupira et se recula sur son siège, s'ennuyant visiblement.

— D'accord, mais je doute qu'ils aient besoin de nous. Ces deux-là obtiennent toujours le premier rôle.

— Vous commencerez tous les 2 à lire à la page 10, dit Zeus en tendant les scénarios aux 2 nouveaux acteurs.

Aphrodite prit le sien et le feuilleta jusqu'à la bonne page, mais Orion refusa le sien en levant une main devant lui.

— Allez, prends-le, tu en auras besoin pour lire tes répliques, dit Zeus en fronçant les sourcils.

— Pas nécessaire, monsieur le directeur, l'assura Orion. J'ai déjà mémorisé le rôle d'Éros.

Entendant la voix d'Orion, Sirius s'assit, les oreilles dressées vers l'avant. Sa queue commença à battre le sol. Mais il devait avoir l'habitude d'être assis dans les gradins d'un théâtre, parce qu'il ne se précipita pas vers la scène pour rejoindre son maître.

— Eh bien, c'est très professionnel de ta part, dit Zeus, l'air surpris. Vous pouvez commencer, alors.

Pandore se glissa à côté d'Artémis sur le banc juste au moment où Orion ouvrait la bouche pour parler. Avant même qu'il puisse prononcer un seul mot, on entendit un cognement qui venait de derrière la scène. Hadès avait commencé à clouer les écailles vertes sur la queue du dragon.

— Si ça ne te fait rien… dit Orion en se retournant pour lui jeter un regard noir.

— Désolé, artiste au travail, répondit Hadès en faisant un sourire forcé pour découvrir les clous qu'il avait mis entre ses dents.

— Artistes au travail ici aussi, dit Orion. Des Thespiens. Fais preuve de respect.

Hadès eut l'air un peu mal à l'aise, mais il s'arrêta de cogner.

— D'accord. Pas de problème, dit-il.

— Wow, c'est qui celui-là ? murmura Pandore à Artémis en faisant un signe de la tête en direction d'Orion.

— Le nouveau mortel de l'échange étudiant avec la Terre, dit Artémis.

— C'est un mortel ?

Étant une mortelle elle-même, Pandore l'observa avec encore plus d'intérêt.

— Mais pourquoi sa peau brille-t-elle alors ?

— Vaporisateur de fausse brillance, marmonna Apollon derrière elles.

Artémis l'ignora. Tout autour d'elle, elle entendit les autres jeunes déesses pousser des exclamations en voyant le nouvel élève. Malheureusement, elle n'était pas la seule à le trouver fascinant.

Soudainement, la voix d'Aphrodite emplit la pièce.

— Oh! Éros, dieu de l'amour, ne me transperce pas de tes flèches.

Sa voix n'avait d'égale que sa beauté, et Artémis put presque sentir se soulever l'intérêt de tous dès qu'elle ouvrit la bouche.

Orion prit une grande inspiration, son torse musclé se bombant. Puis, d'une voix douce et remplie d'émotions, il répondit :

— La blessure ne fera que te rendre amoureuse, rien de plus.

Il tendit la main et toucha sa joue, comme s'il essayait de la consoler.

Pendant un instant, Aphrodite demeura figée sur place, le regardant avec étonnement. Il l'avait subjuguée elle aussi avec son talent. Il était bon à ce point. Pas étonnant que Zeus l'ait invité à l'AMO pour se joindre à la troupe de théâtre !

— Aphrodite ? souffla Zeus.

— Oh ! Désolée, Monsieur le directeur Zeus, dit-elle en sursautant et en rougissant.

— Je ne te crois pas, poursuivit-elle en se remettant dans la peau de Psyché. Car je ne suis qu'une nymphe, et par conséquent, je ne suis pas immortelle.

— Wow ! Ne sont-ils pas merveilleux ? murmura Pandore.

Hochant la tête, Artémis se pencha en avant pour mieux entendre. Posant ses coudes sur ses genoux, elle appuya son menton sur ses poings et écouta Aphrodite et Orion continuer à réciter leurs répliques. Leurs voix semblaient une musique, celle d'Aphrodite, haute, et celle d'Orion, plus basse, s'entrelaçant. Pour la première fois, elle comprit, du moins un peu, pourquoi les gens aimaient tant les pièces de théâtre.

Une fois qu'ils finirent de dire leurs répliques, quelques minutes plus tard, il y eut un moment de silence. Puis, l'auditoire se mit à applaudir. Artémis cligna des yeux, se redressant sur son siège et jetant des regards à la ronde. Elle avait été si captivée par leur numéro d'acteurs qu'elle avait presque oublié qu'il s'agissait d'une audition et non de la vraie pièce. Zeus les avait laissés se rendre beaucoup plus loin que les autres acteurs qu'il avait auditionnés.

— Voilà une performance très puissante, dit-il, semblant impressionné. Je ne t'ai jamais vu avant, dit-il en tournant le regard vers Orion. Es-tu un nouvel étudiant?

— Euh… oui, répondit Orion, l'air un peu perplexe. Vous m'avez invité à venir ici, vous vous rappelez?

— Hein?

C'était maintenant au tour de Zeus d'avoir l'air perplexe.

— Je me rappelle avoir invité un jeune mortel qui s'appelait Oréo Lepoil…

— Je préfère me faire appeler Orion Létoile, dit prestement Orion en l'interrompant. C'est mon nom de scène, ajouta-t-il, légèrement embarrassé. N'avez-vous pas reçu mon curriculum vitæ de la Guilde des Thespiens de la Terre? Je l'ai remis à la dame aux neuf têtes hier, à votre bureau.

— Peut-être, dit Zeus en haussant les épaules. Mon bureau est rempli de toutes sortes de choses. Je suis plutôt occupé, étant le roi des dieux, le maître des cieux, en plus d'être le directeur de l'Académie, tout ça, quoi.

Artémis sourit. Cela lui faisait plaisir de savoir que Zeus était désordonné tout comme elle. Cela lui donna de l'espoir. Après tout, le désordre n'avait pas empêché Zeus de devenir le dieu le plus important du mont Olympe.

— Il se trouve que j'ai une autre copie de mon curriculum, dit Orion en sautant de la scène et en prenant un rouleau sur l'une des chaises.

Se dirigeant vers Zeus, il déroula le papyrus en lui montrant certains points.

— Comme vous pouvez le voir, poursuivit-il, j'ai tenu le premier rôle dans *Électre*, la tragédie de Sophocle, ainsi que dans *Médée*, d'Euripide…

À mesure qu'il continuait, les autres étudiants commencèrent à gigoter et à devenir impatients.

— Quel m'as-tu-vu, marmonna Apollon.

— Il essaie juste de montrer à Zeus qu'il a de l'expérience, dit Artémis en fronçant les sourcils à son égard par-dessus son épaule.

Apollon ne pouvait-il pas lui accorder le bénéfice du doute ? Orion désirait vraiment ce rôle et ne se rendait probablement pas compte qu'il avait l'air de se vanter en déclinant sa longue liste de réalisations. Un peu plus tard, peut-être trouverait-elle une manière subtile de lui dire qu'il n'avait pas besoin de convaincre quiconque qu'il était génial. Car c'était tellement évident !

— Sais-tu tirer ? l'interrompit le directeur Zeus.

— Tirer ? répéta Orion.

— Dans la pièce, Éros lance des flèches magiques, lui rappela Zeus. Comment t'en tires-tu, à l'arc?

— Oh! Hum… eh bien, naturellement, je suis un tireur d'élite. Mais malheureusement, je n'ai pas mon arc avec moi, dit Orion.

— Je te prête le mien, offrit Apollon en se levant et en prenant son arc qui était posé sur le banc et en le lui tendant.

Provenant d'une rangée du fond, Artémis entendit rire sous cape Arès, un jeune dieu qui pouvait parfois se montrer plutôt brute.

— Bonne idée! cria-t-il. Tu devrais accepter son offre, Orion.

Artémis se retourna pour les fusiller du regard, lui et son frère. Apollon ne laissait jamais personne toucher son arc. Il essayait visiblement de mettre Orion mal à l'aise en espérant qu'il ne sache pas tirer. Et Arès l'encourageait. Parfois, les jeunes dieux pouvaient se montrer si agaçants.

— Merci de ton offre, se rattrapa rapidement Orion après s'être figé sur place comme un cerf sous les lumières des torches. Mais je ne suis pas à l'aise d'utiliser l'arc de quelqu'un d'autre.

— De toute manière, je ne voulais pas dire maintenant, expliqua Zeus. Viens me voir à mon bureau une journée cette semaine pour me faire une démonstration.

— Bien sûr. Pas de problème, dit Orion, suintant la confiance en soi encore une fois.

Zeus fit un geste au héraut de l'AMO.

— Les auditions pour les rôles de soutien commencent maintenant! annonça-t-il.

Ping!

Pendant qu'un autre groupe d'acteurs montait sur scène pour lire les répliques des rôles de soutien, Orion partit. Artémis sauta sur ses pieds.

— Il faut que je remette son chien à Orion, dit-elle à Apollon. Je reviens dans une minute, et ensuite nous pourrons aller nous entraîner.

Avant qu'il puisse s'opposer, elle replaça ses courts cheveux noirs et lissa son chiton, puis glissa son carquois et son arc sur une épaule.

— Allez les gars, dit-elle en houspillant les chiens pour qu'ils se lèvent.

Tout en les poussant devant elle pour les faire descendre l'allée, elle ne perdait pas Orion de vue en s'avançant dans sa direction.

Sirius détala en avant. Lorsqu'Artémis était encore à quelques mètres, le chien d'Orion lui sauta dans les bras et commença à lui donner joyeusement des coups de museau sur le visage.

— Je suis venue te rapporter ton chien, dit Artémis une fois que Sirius fut calmé.

— Hein?

Orion cligna des yeux, la regardant comme s'il ne l'avait jamais vue de sa vie.

— Je suis Artémis, déesse de la chasse? À deux casiers du tien? Hier, tu m'as demandé de surveiller Sirius? Et je t'ai reconduit à la classe d'art dramatique?

Pardieu, avec tous ses points d'interrogation dans la voix, on aurait cru entendre Pandore!

Soudainement, il sembla remarquer l'arc et le carquois de flèches accrochés à son épaule. Ses yeux bleus s'allumèrent avec intérêt.

— Ah ouais! Je me rappelle maintenant. Hé, tu sais te servir de ça?

— De mon arc? demanda-t-elle en voyant son regard. Oui, je suis la meilleure. Sauf, peut-être, pour ce qui est de mon frère Apollon.

Elle jeta un coup d'œil vers les gradins et vit que son frère était en train de parler avec quelques amis.

— Tu veux qu'on s'entraîne ensemble un de ces quatre?

Artémis tourna vivement la tête vers Orion. Il lui fit un sourire resplendissant. Était-il en train de l'inviter à sortir avec lui? Son cœur s'emballa. Mais elle refusa de lui laisser croire qu'elle était une de ces déesses timorées et faibles dont il pouvait gagner le cœur d'un battement d'yeux, tout bleus et bordés de longs cils qu'ils fussent.

— M'entraîner? dit-elle donc d'un air détaché. Avec toi? Ouais, j'imagine que ça pourrait se faire.

— Pourquoi pas maintenant? dit-il.

— D'accord, laissa-t-elle échapper sans réfléchir.

Puis elle se rappela Apollon.

— Attends. J'avais presque oublié. J'ai promis à mon frère de m'entraîner avec lui. C'est celui qui t'a proposé son arc. Tu vois, il y a cette compétition de tir à l'arc bientôt, et…

— Parfait. Je vais apprendre deux fois plus vite si Apollon et toi m'aidez tous les deux.

— B-bien. Mais je croyais que tu avais dit au directeur Zeus que tu savais déjà tirer.

— En fait, dit-il en haussant les épaules et en souriant, j'ai besoin d'une petite mise au point. Cela fait un moment que je n'ai pas tiré.

Artémis hocha la tête, espérant qu'Apollon ne s'en formaliserait pas. Ils s'entraînaient presque chaque jour, et habituellement cela lui plaisait que d'autres s'intéressent à son sport préféré.

Peut-être que s'il apprenait à connaître Orion un peu mieux, il ne serait pas aussi dur envers lui.

— Je vais aller te rejoindre sur le terrain dans quelques minutes, d'accord? dit Orion en regardant derrière elle. Mais je dois d'abord aller rencontrer mes admiratrices.

— Tes admiratrices?

Artémis se retourna pour voir qu'une demi-douzaine de filles, mortelles *et* immortelles, s'étaient massées derrière elle et attendaient de le rencontrer.

Il hocha la tête.

— On parle de mettre sur pied un club d'admiratrices d'Orion, dit-il en souriant et en haussant les épaules, comme pour dire « Ce n'est pas mon idée, mais que voulez-vous ? ».

Il fit un pas en direction des filles, qui s'agglutinèrent autour de lui comme des lucioles autour d'une torche. Un grand soupir collectif s'éleva du groupe. Sirius s'écrasa par terre pour attendre patiemment, comme s'il avait l'habitude qu'Orion soit le centre d'attention et qu'il était reconnaissant des miettes de temps que son maître daignait lui accorder.

Artémis jeta un regard à la ronde pour chercher son frère et l'observa parler avec Arès, Poséidon et Dionysos. Ils regardaient tous Orion et son club d'admiratrices, jetant des regards méprisants dans sa direction. Étaient-ils jaloux ?

Une chose dont elle était certaine, ils n'avaient aucune intention de participer à cette adoration. Et s'il lui restait un peu de bon sens, elle se déferait immédiatement de ce béguin stupide. Mais elle n'avait eu aucune expérience des affaires du cœur jusqu'à ce jour. Elle ne savait pas comment modifier ses sentiments pour Orion. Ou si c'était même possible. Ou si elle en avait seulement envie.

— Prêt pour l'entraînement? lança-t-elle à Apollon.

5

Exercices de tir

— Dans le mille! cria Apollon en donnant un coup de poing dans le vide au moment où sa flèche transperça le centre jaune de la cible. C'est la première fois que j'atteins le centre à partir de 60 mètres. On va gagner la compétition de tir à l'arc cette année.

— Ouais… super… le mille, marmonna Artémis en guise de réponse. Cela faisait une heure qu'ils s'entraînaient, chacun essayant ses nouvelles flèches. Les yeux rivés vers les bâtiments de l'école, elle faisait les cent pas sur le terrain de tir à l'arc derrière le gymnase de l'Académie. Ses trois chiens roupillaient à l'ombre d'un olivier un peu plus loin.

— Tu cherches quelque chose? demanda Apollon en suivant son regard.

— Eh bien, oui, en fait, admit-elle. Je regarde si Orion s'en vient. Je lui ai dit que nous l'aiderions à s'entraîner au tir.

— Pourquoi? demanda Apollon en fronçant les sourcils.

— Parce qu'il est nouveau ici, dit-elle en s'arrêtant. J'ai pensé que ce serait gentil de l'aider à s'intégrer.

— Mais la compétition approche. Chaque entraînement compte. Il faut qu'on maîtrise ces nouvelles flèches si nous voulons les tirer avec exactitude.

Il revenait à chaque archer d'enseigner à ses propres flèches la meilleure manière de jauger la distance et les courants éoliens afin d'atteindre la cible voulue.

— Je sais.

Mettant le pied sur la ligne de tir, Artémis visa la cible de sa flèche d'argent. *Zzzzzing!* Sa flèche fendit celle d'Apollon, et le frère et la sœur se sourirent.

— Tu sais que nous sommes les meilleurs archers de l'école, dit-elle, mine de rien. Et nous nous sommes entraînés avec chacun des étudiants de l'AMO à un moment ou un autre. Alors pourquoi pas avec Orion?

Apollon fronça le nez, l'air irrité encore une fois.

— Je ne l'aime tout simplement pas.

— Parce qu'il est mortel?

— Non! explosa Apollon, les mains sur les hanches. Parce qu'il est imbu de lui-même.

— Non, il ne l'est pas, protesta Artémis. Ne peux-tu pas lui donner une chance?

Soudain, elle entendit japper un chien. Sirius accourut vers eux et commença à danser autour des talons d'Artémis. Puis il alla jouer avec ses trois chiens en sautillant. Elle se retourna et vit Orion qui traversait le terrain dans leur direction. Il avait la démarche arrogante et confiante de quelqu'un qui ne se souciait de rien au monde. Il avait passé une toge bleu vif qui lui allait à merveille. Artémis se demanda si, à l'instar d'Aphrodite, il avait une tenue pour chaque occasion. Si c'était le cas, c'était là sa tenue de tir à l'arc.

— Si tu veux l'aider à voler le rôle à Dionysos, libre à toi, dit Apollon. Mais moi, je ne le ferai pas.

« Ah ! C'est ça ! » pensa Artémis.

Son frère et Dionysos étaient de bons amis et ils jouaient dans le même groupe.

— Il veut simplement avoir la possibilité de s'entraîner un peu avant de montrer à Zeus de quoi il est capable, dit-elle d'un ton raisonnable.

— Peu importe. Je m'en vais, dit Apollon.

Il prit son arc et ses flèches et partit d'un air dégoûté.

— Je vous dérange?

Artémis se retourna d'un coup. Orion se tenait juste derrière elle. Il n'avait ni arc ni carquois, mais il portait une pochette fixée à la taille de sa toge et il tenait à la main trois flèches de bois.

— Je partais justement, dit Apollon en lui faisant un grand sourire factice. Amusez-vous bien tous les deux.

— Hé, j'ai apporté mes propres flèches, mais si tu n'as pas besoin de ton arc pour l'instant, est-ce que je pourrais l'utiliser ? demanda Orion à Apollon.

Le jeune homme avait du culot, c'est certain. Ou peut-être ne se rendait-il simplement pas compte qu'il allait trop loin. Apollon continua à marcher comme s'il n'avait rien entendu.

— Ne t'occupe pas de lui, dit Artémis. Il ne laisse jamais personne utiliser son arc. Pas même moi.

— Ça va, dit Orion. Je n'ai jamais vraiment compris pourquoi, mais les filles semblent toujours plus aimables à mon endroit que les garçons.

Il sourit, découvrant des dents d'un blanc éclatant.

— Tu pourrais ne pas le croire, j'ai du mal à le croire moi-même, mais ce n'est pas tout le monde qui est un admirateur d'O.

— O?

Elle ne pouvait s'empêcher de se raidir. Arès parlait parfois comme ça lui aussi, et elle avait toujours trouvé qu'il était présomptueux.

— J'ai raccourci mon nom de scène à O. C'est plus accrocheur, tu ne trouves pas?

— J'imagine, dit-elle avec hésitation.

— Prête à commencer? lui demanda-t-il.

Artémis hocha la tête lentement, se demandant si elle devait courir derrière Apollon pour le convaincre de revenir. Non seulement étaient-ils frère et sœur jumeaux, mais ils étaient aussi des amis depuis leur naissance. Cela lui semblait étrange de se quereller avec lui.

— Écoute, je te suis vraiment reconnaissant de m'aider comme ça, Artie, continua Orion, la regardant avec de grands yeux scintillants. Tu es la meilleure.

Éblouie, elle resta plantée sur place, un sourire niais se dessinant sur son visage.

— Je peux l'essayer ? dit-il en tendant la main vers son arc.

Elle hésita. Tout comme Apollon, elle n'aimait prêter son arc à personne, mais si elle refusait de le prêter à Orion, elle craignait qu'il se désintéresse d'elle.

— Certainement, dit-elle comme si de rien n'était.

Pourtant, lorsqu'il prit l'arc par la corde, elle fut tirée de sa torpeur.

— Pas comme ça! Tiens-le près du repose-flèche.

— Oh, c'est vrai, dit-il en retournant l'arc. Je le savais.

Il regarda ensuite dans son carquois, en grande admiration devant ses flèches d'argent.

— Je peux?

— Non! Tu ne peux pas utiliser mes flèches. Je les entraîne pour la compétition de tir à l'arc, et elles deviendraient confuses si je laissais un autre archer les tirer. Il vaut mieux que tu t'entraînes avec les tiennes.

— Je vois.

Trouvant rapidement l'encoche à l'extrémité, il inséra l'une de ses flèches de bois par-dessus la corde au mauvais endroit. Puis il tira l'arc avec sa main droite.

Avant même qu'Artémis puisse le réprimander de l'avoir fait sans s'être d'abord mis en position, le tube de la flèche glissa à côté de sa main d'appui.

Lui tombant des doigts, la flèche alla se ficher dans le sol, pointe devant.

Secouée, elle fixait la flèche, puis Orion, puis la flèche de nouveau. Heureusement qu'Apollon n'était pas resté pour les observer, il se serait écroulé de rire.

— Ton arc est différent de celui que j'utilise habituellement, expliqua prestement Orion.

— Vraiment? demanda-t-elle, intriguée. Je n'ai jamais vu d'autres types d'arcs que celui-ci. De quoi le tien a-t-il l'air?

— C'est difficile à expliquer.

Il se mordait les lèvres de ses dents blanches en retirant la flèche du sol.

— Pourquoi ne me montres-tu pas comment tu utilises le tien? Fais comme si je n'avais jamais tiré avant. Je veux tout apprendre à nouveau de la manière dont vous faites les choses ici, sur le mont Olympe.

— Pourquoi? demanda-t-elle surprise alors qu'il lui rendait son arc.

— Parce qu'Éros est un dieu. Dans la pièce, je veux tirer comme il le ferait et non comme un mortel.

C'était logique. Prenant son arc, Artémis s'avança vers une ligne peinte sur l'herbe.

— D'accord… Ça, c'est la ligne de tir, lui dit-elle. Tu dois te tenir derrière avant de lever ton arc. Ne mets jamais le pied dessus tant que tu n'as pas crié : « Libérez la voie ». S'il y a d'autres tireurs à proximité, ils crieront eux aussi pour te signaler qu'ils ont libéré la zone de tir.

— Ça, c'est pour s'assurer que personne ne soit atteint accidentellement, n'est-ce pas ? dit Orion.

Artémis hocha la tête.

— Bien entendu, nos flèches sont magiques. Elles ne blesseraient donc personne s'il y avait un accident. Nous les trempons dans le bassin de magie, pour les rendre plus sûres.

— Le bassin de magie ? Où cela se trouve-t-il ? demanda Orion, qui écoutait avec attention.

— Sur Terre, dans la Forêt des bêtes, répondit-elle.

C'était excitant de voir qu'il était totalement attentif à ce qu'elle disait. C'est certainement ce qu'il devait ressentir sur scène lorsque tous les projecteurs étaient braqués sur lui.

— C'est le lieu où se déroule la pièce ! dit-il, les yeux brillants de nouveau. Pourrions-nous y aller pour que je le voie de mes propres yeux ?

— Les mortels ne sont pas admis dans la forêt, dit Athéna en secouant la tête, sauf pendant les cours.

— Même si ça se trouve sur Terre ? argua-t-il en levant les sourcils.

— Cela peut être un endroit terrifiant, même pour les immortels, tenta de lui expliquer Artémis.

— Ah, voyons. Tu n'as pas peur d'y aller, n'est-ce pas ?

— Bien sûr que non, mentit Artémis.

C'était une chose d'aller dans la forêt dans le cadre d'un exercice avec des archers d'expérience à vos côtés. Mais c'en serait une autre d'y aller avec un novice pour seule compagnie, et un mortel, par-dessus le marché.

— Oh, s'il te plaît. Juste un petit coup d'œil, la pressa Orion de sa voix suave d'acteur. Je n'arriverai pas à bien jouer mon rôle dans la pièce si je n'ai jamais vu l'endroit où se déroule l'action. J'aime faire l'expérience moi-même de ce que voient, entendent et ressentent les personnages que je joue, dans la mesure du possible.

C'était un argument valable, pensa Artémis. Et l'interdiction pour les mortels était plutôt une ligne directrice qu'un vrai règlement. Certains des étudiants de l'AMO étaient des mortels, après tout, et ils y étaient allés de nombreuses fois pendant leurs cours. Bien entendu, Apollon n'aimerait pas qu'elle s'y rende avec Orion. Mais il n'était pas là pour lui dire quoi faire et ne pas faire.

Et de plus, ils ne rencontreraient aucune créature. C'était samedi. Le jeu de monsieur Ladon serait donc certainement hors fonction puisqu'il n'y avait pas de cours.

— D'accord, dit-elle. Attends-moi ici un instant.

Filant vers le gymnase, elle attrapa deux paires de sandales ailées dans une corbeille à l'entrée. À son retour, elle en tendit une paire à Orion. Une fois qu'ils les eurent enfilées, les lacets s'enroulèrent par magie autour de leurs chevilles. Artémis s'éleva immédiatement de quelques centimètres dans les airs. Mais pas Orion.

— Je crois que les miennes sont défectueuses, se plaignit-il.

— Elles ne fonctionnent pas pour un mortel, à moins qu'il ne tienne un immortel par la main, lui expliqua-t-elle.

Orion tendit alors la main et replia ses doigts entre les siens. Elle s'arrêta momentanément de respirer et se mit à rougir. Il lui tenait la main !

— Whoa ! dit-il en vacillant en s'élevant dans les airs.

Il serra sa main droite, continuant à tituber pendant quelques instants. Mais, commençant à s'y faire, il lui sourit.

— Wow, je suis pas mal bon à ça, ajouta-t-il.

« Il a plus de confiance en lui que tous les gens que je connais », pensa Artémis.

Et c'était une bonne chose, n'est-ce pas ? C'était attirant, quoi qu'il en soit. En général, les gens aimaient ceux qui avaient confiance en eux.

Les chiens ne furent pas contents lorsqu'elle leur dit de rester sur place jusqu'à ce qu'ils reviennent, Orion et elle. Mais elle ne voulait pas avoir à les surveiller, en plus de le surveiller lui, et toute seule de surcroît. S'efforçant d'ignorer leurs gémissements, elle attrapa son arc et son carquois.

— Allons-y, lui dit-elle.

Elle se pencha un peu vers l'avant pour permettre aux sandales d'accélérer. Et c'était parti !

Ensemble, ils frôlèrent le flanc du mont Olympe, traversant un anneau de nuages en chemin vers la Terre. Orion lui souriait, ses dents brillant comme des étoiles scintillantes. Elle lui rendit son sourire. N'avait-elle jamais passé un moment aussi merveilleux de toute sa vie? Pas qu'elle se souvienne!

— Ça, c'était mégafantastique! lui dit-il lorsqu'ils atteignirent la Forêt des bêtes.

— Ouais, convint-elle.

Plus jamais elle ne laverait sa main droite.

Une brume d'après-midi roulait près du sol de la forêt, et au loin un bassin d'eau bleue et lisse brillait, entouré de plantes fantastiques qui s'agitaient et se tortillaient.

— C'est le bassin de magie dont je te parlais, dit Artémis en le montrant du doigt.

Comme ils dérivaient pour se poser au sol, une cible apparut et se mit à flotter au-dessus de la berge du bassin à environ sept mètres d'eux.

— Il s'agit de la zone de pratique? dit Orion. Nous devons viser cette cible?

Hochant la tête, Artémis l'entraîna encore plus bas. Puis, à regret, elle lui lâcha la main, et ils se posèrent tous les deux. Ils retirèrent leurs sandales et sortirent leur équipement.

— Bon, dit-elle, d'un ton très professionnel désormais. Alors, nous faisons toujours comme si tu ne connaissais rien au tir à l'arc?

Lorsqu'il hocha la tête, elle tripota les parties de l'arc qui étaient en bois, les nommant à mesure : branche inférieure, repose-flèche, branche supérieure. Puis elle prit une flèche et lui montra l'extrémité munie de plumes.

— Tu vois l'encoche?

Il se rapprocha, et le cœur d'Artémis se mit à battre un peu plus vite.

— C'est la petite entaille à l'extrémité, dit-il.

— Han-han.

Rapidement, elle lui montra comment insérer l'entaille sur la corde de l'arc et appuyer la pointe de la flèche sur la main d'appui. Se tenant derrière la ligne dessinée au sol, elle leva son arc pour lui montrer la technique de tir. Elle tira lentement et prudemment sur la corde, visant la cible en suivant le tube de la flèche.

— Tu vises… Et tu lâches!

Lorsqu'elle ouvrit les doigts, la flèche fila vers la cible.

— Dans le mille! cria Orion en lui jetant un regard admirateur. Tu es douée!

Elle lui tendit l'arc en souriant et le regarda se placer sur la ligne. Sa position était meilleure, cette fois, mais sa flèche de bois manqua la cible d'un bon kilomètre… Bien qu'ils continuèrent à s'entraîner pendant une bonne heure, elle était un peu inquiète pour lui. Après un certain temps, il finit par atteindre la cible, mais jamais près du centre jaune. Pas suffisant pour faire ses preuves auprès de Zeus… Bien qu'elle n'en souf-flât mot à Orion, il semblait néanmoins que Dionysos aurait le rôle. Et c'était tout à fait juste. Ils étaient bons acteurs tous les deux, mais les habiletés au tir de Dionysos en faisaient le meilleur choix.

— Il commence à se faire tard. Nous ferions mieux d'y aller, dit-elle enfin.

— Je vais aller chercher les flèches, dit Orion en hochant la tête.

Encore une fois, il avait oublié d'at-tendre le signal indiquant que la voie était libre de danger. Mais puisqu'ils avaient fini de tirer, elle ne le réprimanda pas.

Pendant qu'il était parti, Artémis retrouva leurs sandales ailées et s'assit sous un arbre pour enfiler les siennes. Un léger chuintement parvint à ses oreilles. Elle leva la tête pour regarder dans les branches, pensant que c'était le vent qui faisait bouger les feuilles. Mais tout était calme. Puis elle entendit un son différent.

Clic! Clic! Clic!

— Qu'est-ce que c'est? demanda-t-elle.

Lorsqu'elle se retourna dans la direction où était parti Orion, son cœur se mit à battre à toute vitesse. Elle vit une créature se tenant à deux mètres de lui à peine. Elle faisait deux fois sa taille, avait des pinces de crabe, huit pattes et un exosquelette noir et luisant. Un scorpion géant! Elle n'en avait jamais vu avant, sauf dans son rouleau de texte scolaire. Soudainement, elle se rappela que le professeur Ladon testait parfois ses nouvelles créatures pendant les fins de semaine. Celle-là avait dû se faire chauffer au soleil à côté du bassin tout le temps qu'ils s'entraînaient, attendant le bon moment de s'approcher suffisamment pour frapper.

— Va-t'en! criait Orion, en agitant les mains frénétiquement.

— Cela n'aidera pas, lui lança-t-elle. Reste calme.

À sa grande surprise, son visage était livide et il tremblait de tout son corps. Où était passée toute sa superbe? Le scorpion s'approcha de lui en cliquetant, relevant très haut sa queue venimeuse.

Artémis sauta sur ses pieds. Orion était un mortel. Il pourrait être tué! Oh! Pourquoi l'avait-elle emmené ici? Pendant un instant, son esprit se figea et elle n'arrivait pas à réfléchir. Il était allé chercher leurs six flèches, mais elles ne lui étaient d'aucune utilité contre le scorpion sans arc avec lequel les tirer.

— Au secours! cria Orion en se jetant par terre et en se couvrant la tête des mains alors que la queue du scorpion visait son cou.

Il apparut donc qu'il lui revenait à elle de se montrer brave pour deux, même si elle ne se sentait pas brave du tout. Attrapant son arc, Artémis se mit à courir en direction du drame qui menaçait, pas trop sûre de savoir quoi faire une fois qu'elle y serait. Elle atteignit Orion juste au moment où le scorpion s'apprêtait à frapper. Levant son arc, elle l'enfila sur la pointe de la queue pointue de la créature. Surpris, l'arachnide se désintéressa d'Orion et se mit à agiter la queue désespérément. Lorsqu'il se libéra de l'arc, celui-ci vola au-dessus de sa tête pour aller atterrir sous l'arbre où elle avait laissé son carquois. *Clic! Clic! Clic!* Le scorpion se retourna contre eux de nouveau, encore plus enragé cette fois.

— Nous sommes condamnés! geignit Orion.

Rampant sur le sol, il tenta de se cacher derrière elle. Elle crut l'entendre pleurnicher et appeler sa mère, mais elle n'en était pas certaine. Quelque chose roula de la pochette qu'il portait à la taille : son flacon de Peaudedieu ! Lorsque le scorpion fut presque sur eux, Artémis se jeta sur ses genoux, attrapa le vaporisateur et tendit l'embout en direction du scorpion.

Pschuiiitttt ! Elle en vaporisa la bête, la recouvrant d'une belle couche chatoyante. Celle-ci figea sur place, abasourdie. Son image commença à vaciller, disparaissant, puis réapparaissant, puis disparaissant de nouveau.

— Que lui arrive-t-il ? couina Orion.

— On s'en fiche ! Cours ! cria Artémis.

Il prit la fuite immédiatement, tenant toujours les flèches à la main. Le scorpion agita la queue et fit tomber le vaporisateur des mains d'Artémis, qui suivait Orion. Comme ses sandales lui permettaient d'aller plus vite, elle agrippa le dos de la toge d'Orion, l'entraînant vers l'arbre.

Une fois sur place, Orion enfila ses sandales magiques, et elle prit son arc. Par chance, il était encore intact ! Une fois que les lacets se furent enroulés d'eux-mêmes autour des chevilles d'Orion, elle le prit par la main, et ils s'envolèrent vers l'AMO, laissant derrière eux la bête qui clignotait.

Lorsqu'ils arrivèrent, son cœur avait repris un rythme plus normal.

— Écoute, je veux vraiment te remercier de m'avoir sauvé la vie, dit Orion alors qu'ils jetaient tous les deux leurs sandales ailées dans une corbeille à l'entrée de l'école. Tu as été incroyable, aussi brave qu'Héraclès! Mais bien entendu, j'espère que nous pourrons garder cet épisode pour nous. Je ne voudrais pas que tu aies des problèmes pour m'avoir emmené dans la forêt.

Il lui frappa l'épaule de la main tout comme Apollon le faisait avec ses potes. Ses copains masculins…

— Exact, convint Artémis en soupirant intérieurement.

C'est vraiment comme ça qu'il la voyait, comme un autre gars? Un pote? Et pourquoi cela la dérangeait-elle autant?

Choisissant trois flèches parmi les six qu'il tenait à la main, Orion les glissa dans son carquois.

— Et merci de m'avoir rafraîchi la mémoire pour le tir à l'arc aussi. Je crois que je vais pouvoir m'en tirer aux auditions, maintenant.

Elle le dévisagea avec stupeur. Ne se rendait-il pas compte à quel point il était nul? N'importe qui n'ayant qu'un seul hémisphère cérébral se rendrait compte qu'il n'était pas prêt. Peut-être que la peur du scorpion lui avait fait perdre la tête, au sens littéral.

— Tu en es sûr ? Nous pourrions simplement nous entraîner sur le terrain de l'AMO la prochaine fois, et non dans la forêt.

— Sûr et certain.

Et en souriant, il lui donna une grande claque dans le dos.

— Merci pour tout. R'voir Artie.

Sur ce, il s'en alla.

Elle le regarda partir, un soupçon de regret se peignant sur son visage.

— Je m'appelle Artémis, dit-elle doucement.

Mais il était déjà trop loin pour l'entendre. Elle se demanda pourquoi il lui plaisait encore. Il n'avait aucune des qualités qu'elle admirait. Il n'était ni brave ni aimable, et elle avait le sentiment qu'il n'était pas toujours honnête non plus. Pourtant, il était mignon. Mégamignon. Et il était séduisant, et charmeur, aussi. En sa compagnie, le monde semblait un peu plus éclatant.

Mais était-ce assez? Est-ce que cela compensait ses faiblesses? En tous les cas, il lui avait été reconnaissant de lui avoir sauvé la vie. Au moins, ses remerciements avaient paru sincères et bienveillants. Un autre jeune homme aurait pu avoir été mal à l'aise d'être secouru par une fille. Mais encore une fois, Orion ne semblait pas se rendre compte qu'elle en était une.

Soudain, quelque chose de froid lui toucha la main, l'empêchant de poursuivre davantage ses réflexions. Des truffes de chiens.

— Bons garçons, dit-elle en se penchant pour ébouriffer le pelage de leur cou.

Ils avaient attendu patiemment son retour comme elle le leur avait demandé.

— Hé! poursuivit-elle à l'endroit de ses chiens. Puisque vous êtes des garçons, peut-être pouvez-vous m'expliquer pourquoi Orion me voit comme un pote et non comme une fille?

En guise de réponse, Suez se mit à japper intelligemment, et Amby et Nectar la dévisagèrent avec attention, la langue sortie. Dommage qu'ils ne puissent pas parler.

— Ça va, les gars. Je sais que vous m'aideriez si vous le pouviez. En route, dit-elle. Allons chercher quelque chose à manger.

6

Trop dramatique

Le lundi, à la pause du midi, Artémis était avec Aphrodite, Athéna et Perséphone à leur table habituelle dans la cafétéria de l'école. Ayant déjà terminé de manger leurs nectaronis, elles étaient en train de déguster des parfaits à l'ambroisie pour dessert lorsqu'Artémis se tourna vers Aphrodite.

— Comment fais-tu pour qu'un garçon s'intéresse à toi? demanda-t-elle.

En tant que déesse de l'amour et de la beauté, Aphrodite devait certainement connaître le secret.

Les autres filles la dévisagèrent, estomaquées.

— Je crois que je vais m'évanouir, dit Athéna en déposant délicatement sa cuillère.

— Fais la queue, dit Perséphone. Je veux dire, Artémis? S'intéresser aux garçons?

— Je vous ai dit que cela arriverait un jour, dit Aphrodite mielleusement.

— Mais il s'agit d'Artémis, là, insista Athéna. La déesse qui prétend qu'elle va vomir chaque fois que nous commençons à parler des garçons ou des béguins.

— Hé ho ? Je suis là, et j'entends, dit Artémis en agitant les mains pour attirer leur attention.

— Désolée, c'est simplement si étonnant… si inattendu ! Tu es sérieuse ? demanda Perséphone.

Artémis hocha la tête, croisant les mains sur la table.

— Très. Il y a un garçon qui me plaît, et je voudrais lui plaire aussi.

— Orion ? devina Aphrodite.

— Comment le sais-tu ? dit Artémis en penchant la tête de côté, soupçonneuse, soudainement. Hé, tu ne m'as pas saupoudrée d'une quelconque poussière d'amour, exprès pour que j'en tombe amoureuse, n'est-ce pas?

— Bien sûr que non! dit Aphrodite.

— Alors, comment as-tu su de qui je parlais, lorsque lui-même ne le sait pas? demanda Artémis, pas encore convaincue.

— Je suis la déesse de l'amour. Je remarque ces choses-là, dit Aphrodite.

— Le problème, dit Artémis en soupirant, c'est qu'il ne semble pas se rendre compte que je suis une fille. Il me donne des claques dans le dos comme le fait Apollon avec ses amis. Et il m'appelle même Artie.

— Houla, dit Perséphone en lui jetant un regard empathique.

Lorsque la cloche-lyre sonna, Artémis se leva pour aller jeter ses déchets. Les autres l'imitèrent.

— Je serais très heureuse de te donner quelques trucs à propos des garçons, dit Aphrodite alors qu'elles quittaient la cafétéria toutes ensemble. Voici mon premier conseil : lorsque tu te trouves avec Orion, n'agis pas comme si tu étais éblouie. Détends-toi et sois toi-même, merveilleuse comme d'habitude.

— Ça ne fonctionnera pas, dit Artémis en la regardant d'un air perplexe. Pourquoi choisirait-il quelqu'un d'ordinaire comme moi, alors qu'il pourrait avoir toutes les filles qu'il veut ? Il a tout un club d'admiratrices. Et comme je le disais, il croit que je suis un garçon.

— Hadès s'est mis à m'aimer davantage lorsque j'ai cessé d'agir de manière empruntée lorsque j'étais avec lui, renchérit Perséphone. Je crois qu'Aphrodite a raison.

Artémis jeta un coup d'œil du côté d'Athéna, lui demandant silencieusement son opinion.

— Hé, ne me demande pas ça à moi, dit Athéna. Je n'ai jamais eu de petit ami. Mais j'ai remarqué que les garçons admiraient les filles qui savaient faire des choses.

— Quelles sortes de choses ?

— Des choses comme du tir à l'arc, peut-être? suggéra Athéna à dessein.

Artémis soupira encore une fois. Le problème, c'était que ses amies l'aimaient comme elle était. Enfin, comme elles *pensaient* qu'elle était. Comme elles seraient surprises d'apprendre qu'elle ne se sentait pas toujours aussi en confiance qu'elles le croyaient! Et ses amies semblaient aussi s'imaginer que les garçons pourraient aimer chez elle les mêmes choses qu'elles aimaient elles-mêmes.

— Continue simplement d'être toi-même. S'il n'aime pas la personne véritable que tu es, il n'en vaut pas la peine, la conseilla Aphrodite.

Artémis hocha la tête et se dirigea vers son casier, se sentant toujours un peu perdue et pas du tout certaine d'avoir appris quoi que ce soit qui pourrait faire en sorte qu'Orion l'aime comme elle voulait qu'il le fasse. Mais peut-être s'était-elle trompée, car à l'instant où Orion la vit dans le couloir, il accourut, la prit dans ses bras et la fit tournoyer.

— J'ai des nouvelles mégaépoustouflantes! dit-il en la déposant. J'ai eu le rôle! Le directeur Zeus m'a choisi pour jouer le rôle d'Éros dans *La flèche*!

Artémis le dévisagea avec étonnement. Il avait été terrible à l'entraînement. Comment avait-il fait pour décrocher le rôle principal alors qu'il ne savait même pas tirer? Derrière lui, elle vit Dionysos qui discutait avec Apollon près de leurs casiers. Elle se sentit un peu coupable que Dionysos n'ait pas eu le rôle, mais qu'y pouvait-elle?

— Je vais avoir besoin de ton aide pour répéter mes répliques, dit Orion en captant son attention de nouveau.

Levant les yeux pour regarder les siens, pétillants, elle fut encore une fois soufflée par sa belle apparence. Ce garçon séduisant et chatoyant voulait être avec elle plutôt qu'avec toutes les autres filles parmi lesquelles il aurait pu choisir? Eh bien, ce n'était en effet rien de moins que mégaépoustouflant!

— D'accord, accepta-t-elle tout de suite.

Presque deux semaines plus tard, Artémis était assise dans l'amphithéâtre un après-midi après l'école, regardant les répétitions de *La flèche*. Aphrodite et Orion étaient sur scène, déclamant leurs répliques, et Zeus était assis dans la première rangée, donnant ses directives. Elle n'avait pas encore vu Orion tirer à l'arc, mais le lendemain aurait lieu la première générale, avec flèches et costumes, et elle était un peu inquiète de ce qui pourrait arriver.

— Mais je ne t'aime pas, Éros, dit Aphrodite, récitant ses répliques. Pas vraiment. Et toi, tu crois seulement m'aimer. Car si tu ne t'étais pas accidentellement tiré l'une de tes flèches d'amour, aucun de nous deux ne serait devenu amoureux de l'autre pour commencer.

Elle s'arrêta, fronçant un sourcil comme si elle essayait de se rappeler sa réplique suivante. La répétition était presque terminée, et c'était là la première fois qu'elle flanchait.

— Je dois te dire que j'ai juré de ne jamais me marier, lui souffla Artémis de sa place, à la troisième rangée, un scénario à la main.

Orion lui avait demandé de lui souffler s'il oubliait une réplique. Jusqu'à maintenant, cela n'était pas arrivé, mais elle avait fait le souffleur pour d'autres acteurs au besoin.

— Merci ! lui lança Aphrodite.

Une fois qu'elle eut dit sa réplique, Orion enchaîna avec la sienne.

— C'est seulement parce qu'une déesse cruelle t'a jeté un mauvais sort pour te faire croire que tu ne pouvais pas aimer.

Aphrodite se tourna vers lui et ouvrit la bouche pour dire sa prochaine réplique.

Mais avant même qu'elle puisse dire un mot, Orion poursuivit :

— Je sais que tu ne me crois pas, car je suis un dieu et tu n'es qu'une nymphe, et par conséquent pas immortelle.

Artémis se redressa sur son siège, perplexe. Il avait légèrement modifié la réplique d'Aphrodite de manière à ce que l'on croie que c'était la réplique de son personnage à lui et non celle d'Aphrodite! Puis il continua, bien au-delà de la partie qu'il était censé réciter.

— Ce sont les répliques d'Aphrodite, le corrigèrent Artémis et le directeur Zeus en même temps.

— Oui, je sais, dit Orion à Zeus en lui faisant son sourire désarmant. Mais ne croyez-vous pas qu'elles seraient plus efficaces si c'était mon personnage qui les disait?

— Pas du tout, dit Zeus en secouant son énorme tignasse de boucles rousses.

— Mais ces répliques paraîtront plus éloquentes si elles viennent de moi, ne croyez-vous pas ? insista Orion.

— Pas du tout, dit Zeus.

— On dirait bien qu'Orion essaie de chiper les répliques d'Aphrodite, murmura une voix derrière elle.

Artémis se retourna et vit que Perséphone était venue s'asseoir derrière elle.

— Il ne lui vole pas ses répliques, protesta-t-elle. Zeus et lui ont simplement des points de vue artistiques différents.

Pendant leurs séances de lecture du texte la semaine précédente, Orion lui avait expliqué ce qu'étaient les différences de points de vue artistiques. Apparemment, c'était quelque chose qu'il vivait souvent avec des metteurs en scène tempétueux. Et il n'était pas tout à fait facile de bien s'entendre avec Zeus. L'histoire était remplie des situations que ses sautes d'humeur avaient fait subir au monde.

— Encore une chose, Monsieur le directeur, dit Orion.

Cela attira l'attention d'Artémis.

— Dans la scène où Poséidon doit marcher sur l'eau, j'ai pensé que cela pourrait être plus intéressant si c'était mon personnage qui marchait sur l'eau. Cela renforcerait ma déité. Et au lieu que Dionysos combatte le redoutable scorpion, je crois que cela serait plus crédible si c'était moi qui le combattais.

Derrière lui, Artémis voyait les yeux de Poséidon et de Dionysos lancer des éclairs dans le dos d'Orion. Ils avaient l'air si en colère qu'elle n'aurait pas été surprise de voir des langues de feu sortir de leur bouche, comme de celles du dragon qu'Hadès avait peint sur la toile de fond.

— Pour l'instant, tenons-nous-en au scénario, lui dit Zeus.

— Mais… commença Orion.

— Je vais y penser, dit Zeus en levant une main massive pour l'arrêter.

Cela sembla apaiser Orion pour le moment, et la répétition se poursuivit.

Lorsque Zeus les remercia à la fin, Orion alla parler à Aphrodite. Faisant de grands gestes avec ses mains, il lui dit quelque chose qui la fit sourciller. L'instant d'après, elle quittait la scène en trombe. Semblant n'avoir pas remarqué qu'il l'avait froissée, il se dirigea vers Dionysos et Poséidon pour leur mentionner quelque chose qui parût les irriter eux aussi.

Artémis et Perséphone sautèrent de leur siège pour intercepter Aphrodite.

— Qu'est-ce qu'Orion t'a dit ? demanda Perséphone.

— Il n'arrête pas d'essayer de me donner des leçons d'art dramatique, se plaignit Aphrodite. Il se prend pour le metteur en scène !

— Je suis certaine qu'il essaie simplement d'aider, dit Artémis.

Orion avait tellement plus d'expérience que quiconque en théâtre.

— Eh bien, il n'aide pas du tout, dit Aphrodite en fronçant les sourcils. Lui demanderais-tu d'arrêter de faire ça ?

— Moi ? Pourquoi ne le lui demandes-tu pas toi-même ?

— Je l'ai fait, mais il n'écoute pas. Premièrement, il a obtenu le rôle principal à la place du pauvre Dionysos. Mais on dirait que ce n'est pas assez pour lui. Il essaie d'avoir un rôle encore plus important en volant les meilleures répliques et les scènes des autres. Je commence à penser que ton frère avait raison à son sujet. Orion est un égocentrique.

— Il semble en effet être très ambitieux, dit Perséphone comme pour atténuer la remarque d'Aphrodite.

Bien que son ambition la troublât légèrement elle aussi, Artémis mit cette pensée de côté.

— Il a l'habitude d'être une vedette et…

— Pourquoi passes-tu ton temps à le défendre ? l'interrompit Aphrodite.

— Parce que, dit piètrement Artémis.

— Parce qu'il te plaît, dit Aphrodite en croisant les bras.

— Parce que je crois qu'il est méga-fantastique, dit Artémis en haussant les épaules, un peu embarrassée.

— Cesse de dire «méga» tout le temps, dit Aphrodite. Tu commences à lui ressembler. Et ce n'est pas du tout un compliment.

Artémis jeta un œil du côté de Perséphone, espérant avoir du soutien de sa part. Après tout, personne, y compris elle-même, n'aimait beaucoup Hadès lorsque Perséphone avait commencé à le fréquenter. Si quelqu'un pouvait comprendre ce que vivait Artémis, c'était bien elle.

Mais Perséphone se contenta de hausser les épaules.

— Aphrodite a raison. Le seul mot que tu as eu à la bouche cette semaine, c'est Orion, Orion, et encore Orion. Et si quiconque dit quoi que ce soit contre lui, tu prends son parti.

— Désolée que tu ne l'aimes pas, dit Artémis, se sentant un peu irritée. Moi, je pense qu'il est intéressant. Tout comme toi, tu trouves Hadès intéressant, ne put-elle s'empêcher d'ajouter. Ne crois-tu pas que tu pourrais te tromper au sujet d'Orion comme moi et toutes les autres on se trompait au sujet d'Hadès?

— J'imagine, répondit Perséphone avec hésitation.

— D'accord, point de vue accepté, soupira Aphrodite. Changement de sujet.

Alors, on va toujours faire les boutiques, cette fin de semaine? Athéna est occupée à répéter avec le chœur pour l'instant, mais elle a dit qu'elle serait libre demain après-midi.

— Artémis! lança Orion en claquant des doigts. Où est mon script?

Au son de sa voix, Artémis sursauta.

— J'arrive, lui lança-t-elle. Désolée, poursuivit-elle d'une voix plus basse pour ses amies, mais je ne peux pas, cette fin de semaine. J'ai promis à Orion de l'aider à répéter avant les représentations de la semaine prochaine. Mais amusez-vous bien quand même.

Aphrodite s'éloigna de quelques pas. Puis elle se retourna et fixa Artémis.

— Première règle de l'amitié : ne jamais, au grand jamais, laisser tomber ses amies pour un mec.

Perséphone toucha doucement le bras d'Artémis.

— Nous voulons simplement que tu n'aies pas de peine. Réfléchis à ce que nous avons dit, d'accord ?

«Mais de quoi parle-t-elle ?» se demanda Artémis.

Comment pourrait-elle avoir de la peine ? Orion et elle s'entendaient super bien, merci. Il passait plus de temps avec elle que n'importe qui.

— Artémis ? l'appela Orion avec impatience.

— Je dois y aller, dit-elle à ses amies en s'éclipsant.

Boum! Ne regardant pas où elle marchait, Artémis rentra dans son frère au milieu de la pièce.

— Je pensais bien te trouver ici, dit Apollon.

— Hein?

Puis elle remarqua qu'il avait son arc et son carquois à la main. Elle mit sa main devant sa bouche avec horreur.

— Oh non! J'ai oublié notre entraînement de tir cet après-midi, n'est-ce pas?

— Exactement, dit-il d'un air sévère.

— Je suis tellement désolée. C'est juste que je me suis laissée emportée par la pièce.

— Depuis quand t'intéresses-tu davantage au théâtre qu'au tir à l'arc? demanda Apollon en relevant les sourcils d'étonnement.

— En bien… dit-elle en haussant les épaules et en regardant vers la scène en direction d'Orion.

Apollon suivit son regard. Ses yeux s'étrécirent.

— Je ne comprends vraiment pas ce que tu peux lui trouver, dis-moi?

— Et toi, que trouves-tu à cette nymphe, Daphné? lui demanda-t-elle du tac au tac.

— Hein? Je croyais que tu la trouvais sympa. Elle est gentille et…

Apollon eut la décence de rougir en se rendant compte qu'elle avait retourné la situation.

— Touché, dit-il.

— Pour commencer, dit Artémis en se radoucissant un peu, je trouve que les performances d'Orion sont… magiques. Il est vraiment bon.

— C'est un bon acteur, concéda Apollon. Mais t'est-il déjà arrivé de penser qu'il pouvait faire semblant de s'intéresser à toi pour que tu fasses des choses pour lui?

Artémis recula d'un pas, aussi blessée que s'il lui avait tiré une flèche. Il sembla désolé de ce qu'il venait de dire, mais elle ne lui donna pas l'occasion de s'excuser ni de s'expliquer. Elle était trop fâchée.

— Occupe-toi de tes affaires et laisse-moi tranquille, lui dit-elle en partant comme une furie. Je te verrai à la compétition demain matin.

7

Tir à l'arc

Le lendemain matin, Artémis était en retard. Elle cherchait frénétiquement dans sa chambre les flèches d'argent que ses amies lui avaient offertes pour son anniversaire.

— Opsis! Loxos! Hekaergos! les appelait-elle pour ce qui semblait la millième fois.

Pourquoi ses flèches ne répondaient-elles pas? Rejetant ses effets à droite et à gauche, elle fit une dernière tentative pour les trouver. Elle entendit frapper à sa porte.

— Entrez! dit-elle.

Aphrodite ouvrit la porte à la volée et se pencha en avant sans entrer. Portant encore sa robe de nuit rose vif bordée de fausses plumes de phénix, elle bâilla, magnifique, même si elle sortait à peine du lit.

— C'est quoi, ce raffut?

— Je n'arrive pas à trouver mes flèches d'argent, dit Artémis.

— Tu as égaré quelque chose dans ce fouillis? Comment est-ce possible? la taquina Aphrodite.

Elle semblait avoir momentanément oublié la bisbille de la veille. Ou peut-être était-elle encore à moitié endormie.

— C'est très important! insista Artémis. Je suis censée rencontrer Apollon sur le terrain olympique pour la compétition de tir à l'arc ce matin.

Aphrodite se redressa et entra dans la chambre, soudainement très alerte.

— Quand les as-tu vues pour la dernière fois?

Artémis réfléchit pendant un instant, se rappelant que c'était lorsqu'elle avait emmené Orion dans la Forêt des bêtes.

— Il y a quelques semaines, admit-elle.

Dès qu'elle eut prononcé ces paroles, elle se rendit compte qu'elle ne s'était pas entraînée depuis. Elle avait consacré chaque minute de son temps en dehors des cours à Orion et à faire tout ce qu'il voulait. Elle avait négligé ses amies, son frère et même son tir à l'arc. Elle était même en retard dans ses devoirs.

— D'accord, pas de panique, je vais t'aider.

Aphrodite plongea dans les tas de vêtements, de jouets pour chiens, de vieux projets scolaires et d'équipement de sport qui jonchaient le sol.

— Oh! Salut, Suez. Allô, Amby et Nectar, dit Aphrodite lorsqu'elle les découvrit en train de roupiller sous une montagne de vêtements à laver.

Elle continua de fouiller dans le tas, en lançant les objets hors de son chemin : chitons froissés et rouleaux de dessins de chiens qu'Artémis avait faits à l'école primaire, pliés et chiffonnés. Des haltères. Un javelot brisé. Une tête en plâtre avec un maquillage horrible et une perruque hérissée si hideuse qu'Aphrodite la laissa tomber tellement elle eut peur.

— Hé! Mon projet de beautéologie de quatrième année. Je me demandais où il était passé, dit Artémis en le ramassant.

Elle en tapota la perruque avec nostalgie, puis le jeta par-dessus son épaule pour continuer les recherches.

Désormais réveillés, les chiens d'Artémis se joignirent aux recherches, reniflant les tas de vêtements. Bien qu'ils ne puissent savoir ce qu'ils cherchaient, ils étaient toujours prêts à creuser.

— Je les ai! dit enfin Aphrodite, victorieuse, en émergeant du fouillis.

En voyant les tubes scintillants dans la main levée d'Aphrodite, Artémis sourit de soulagement.

— Oh! Merci, dieux du ciel. Pourquoi n'êtes-vous pas venues lorsque je vous ai appelées, mes chères flèches? leur demanda-t-elle en les prenant à Aphrodite.

Elles ne répondirent pas, mais comme elle n'avait pas le temps de se poser la question plus longtemps, elle les glissa rapidement dans son carquois.

Elle fila vers la porte, puis se ravisa et se retourna pour regarder Aphrodite.

— Tu me souhaites bonne chance? demanda-t-elle.

Aphrodite lui avait demandé la même chose lors des auditions pour la pièce. Artémis voyait au sourire d'Aphrodite qu'elle s'en souvenait.

— Coupe-leur le souffle, lui répondit-elle en lui faisant la même réponse.

Artémis lui fit un rapide sourire, heureuse qu'Aphrodite ne semble plus fâchée.

— Je me sauve!

Elle passa la porte en courant, ses chiens sur les talons.

— Je m'habille et je serai derrière toi sur les gradins pour t'encourager, promit Aphrodite.

— Merci!

Artémis et ses chiens dévalèrent le couloir et l'escalier, puis traversèrent la cour de l'école.

En un rien de temps, elle se retrouva sur le terrain de tir à l'arc derrière le gymnase. Zeus, qui était juge de la compétition, était déjà sur place, de même que les 10 équipes concurrentes et un auditoire de spectateurs.

— Tu es venue, dit Apollon avec soulagement en la voyant.

— Bien sûr. Je suis ta coéquipière, dit Artémis. Je t'avais dit que je serais là!

— Je ne sais jamais sur quel pied danser avec toi ces temps-ci, dit Apollon. Et tu as manqué la séance d'entraînement de ce matin. La compétition est sur le point de commencer.

Artémis tressaillit en l'entendant la critiquer. Elle savait qu'elle l'avait laissé tomber plus d'une fois ces derniers jours, mais elle était déterminée à se rattraper à ses yeux. Ils regardèrent les deux premiers archers s'avancer jusqu'à la ligne et tirer leurs flèches. Puis une autre équipe, et encore une autre. Ils étaient tous bons, mais ils étaient meilleurs, Apollon et elle. Leur tour arriva, presque à la fin de la première ronde. Ils s'avancèrent jusqu'à la ligne de tir. Il était temps de montrer de quoi ils étaient capables.

— Hé, Artie, lança quelqu'un.

— Orion? Que fais-tu ici? dit Artémis en levant les yeux.

— La même chose que toi. Je participe à la compétition.

Il leva son arc. Un carquois était accroché en bandoulière à l'une de ses épaules.

— Tout seul? demanda Artémis.

— Bien sûr, pourquoi pas? dit-il en souriant. Aucune règle ne dit qu'il faut être en équipe. Je vais simplement tirer deux fois plus de flèches.

— Monsieur m'as-tu-vu, comme d'habitude, railla Apollon, mais pour que seule Artémis l'entende. Avons-nous quelque chose à craindre de sa part?

Artémis se prit d'un fou rire. Elle mit sa main devant sa bouche pour tenter de le réprimer.

— Hum. Non!

Elle aimait Orion, mais c'était un terrible archer. Pourquoi se donnait-il seulement la peine de participer à ce concours? Et pourquoi ne lui avait-il pas dit qu'il s'était inscrit? Lorsque Zeus s'apercevrait à quel point il était nul, il pourrait lui retirer le rôle. Elle détesterait qu'il soit humilié de la sorte.

— Artémis? Apollon? Ça va être à vous, les informa le directeur Zeus.

Désireux d'aplatir Orion et de gagner la compétition, Apollon commença. Sa flèche dorée fila tout droit, chantant une strophe de l'une des chansons de son groupe :

La musique de la nature j'inspire,
avec ma belle et harmonieuse lyre.

Zzzzzing !

— Dans le mille ! cria Zeus.

— Beau travail, murmura Artémis comme elle prenait sa place, se préparant à tirer.

— Artémis ! crièrent des voix.

Elle regarda d'un côté et vit qu'Aphrodite, Perséphone et Athéna étaient venues les encourager, Apollon et elle. Hadès, Poséidon et Dionysos étaient eux aussi dans les gradins.

Leur faisant un petit signe de tête, elle se concentra de nouveau sur la compétition et sortit sa première flèche. Dans les rayons du soleil, elle remarqua quelque chose de bizarre. La flèche lui semblait un peu trop brillante. Et elle était dorée, et non argent.

— Que se passe-t-il? lui demanda Apollon en jetant un coup d'œil à la flèche. Je croyais que tu allais utiliser les flèches d'argent que tu avais reçues pour ton anniversaire.

— C'est exact, dit Artémis. Je ne sais pas d'où vient celle-là, mais elle n'est pas à moi.

— Suivant! tonna Zeus avec impatience.

Artémis n'avait d'autre choix que d'utiliser les seules flèches qu'elle avait. Elle se plaça à la ligne, visa soigneusement, puis lâcha la corde.

Zzzzzing ! Sa flèche partit en direction du centre de la cible. Mais à moins d'un mètre de sa destination, elle se mit à vaciller. Puis elle tomba, se fichant dans le sol. Elle n'avait même pas réussi à atteindre la cible ! Artémis était figée sur place, fixant la flèche et la cible, frappée de stupeur. Cela ne lui était jamais, au grand jamais, arrivé auparavant.

— On devrait peut-être t'appeler Ratémis au lieu d'Artémis, lança Orion.

Dans l'auditoire, ses admiratrices rirent de son jeu de mots, et son sourire s'élargit.

— Que s'est-il passé? lui demanda Apollon.

— Je ne sais pas.

Humiliée, Artémis ne pouvait que fixer la cible, se repassant dans sa tête son coup manqué, encore et encore.

— Tu aurais dû passer davantage de temps sur le terrain d'entraînement, la chapitra Appolon.

— Tu sais que ce n'est pas ça. C'était cette flèche! protesta Artémis. Elle a été formée par un très, très mauvais archer.

À mi-chemin de la ligne, Orion s'avança pour tirer à son tour. Sa position était affreuse. Il n'avait aucun talent. Et pourtant, lorsqu'il lâcha sa flèche, celle-ci fila bien tout droit et de manière précise et alla fendre la flèche d'Apollon, en plein dans le mille.

— Pardieu! s'exclama Apollon. Il a fendu ma flèche en plein milieu! Tu es la seule archère suffisamment douée pour faire ça.

Maintenant que la première ronde était terminée, le signal fut donné, et tous allèrent retirer leurs flèches des cibles. Après avoir pris la sienne, Artémis l'examina avec attention. Il y avait quelque chose qui clochait. Elle en gratta le tuyau avec un ongle. Ce n'était pas du métal… elle était en bois! Le doré chatoyant n'était qu'une couche superficielle. Et c'était la même couleur que le vaporisateur de brillants d'Orion.

La lumière se fit dans sa tête comme si l'un des éclairs de Zeus l'avait frappée. Ce chuintement qu'elle avait entendu l'autre jour lorsqu'elle était assise sous l'arbre dans la Forêt des bêtes… Orion avait dû vaporiser ses flèches de bois avec son Peaudedieu ! Puis, un peu plus tard, il les avait mises dans son carquois et avait gardé les siennes pour lui.

Orion passa devant elle, tenant à la main les flèches qu'il avait tirées et qu'il était ensuite allé chercher sur la cible. Une fraîche odeur florale flottait derrière lui. Du parfum. Le même parfum que Perséphone avait utilisé sur les flèches offertes pour son anniversaire. Alors, c'était bien vrai. Orion avait *volé* ses flèches d'argent! Celles qu'elle avait passé des heures à former pendant ses exercices de tir avec Apollon. Pas étonnant qu'Orion s'en tire si bien! S'il avait gardé ses flèches ce jour-là dans la forêt, il avait certainement dû s'en servir aussi à l'audition pour le rôle d'Éros. C'était donc comme ça qu'il avait pu supplanter Dionysos et obtenir le premier rôle de la pièce!

Artémis avait la poitrine si contractée de colère qu'elle pouvait à peine respirer. Orion avait triché pour voler le rôle à Dionysos. Il avait profité d'elle et l'avait bernée. Il ne se souciait pas du tout d'elle. En fait, il ne se souciait de personne d'autre que de lui-même. Pourvu qu'il soit la vedette, il était heureux. Ses amies avaient raison. Mais Orion n'était pas simplement un égocentrique, c'était un mégamisérable égocentrique!

Elle cligna des yeux pour ravaler ses larmes. Comment avait-elle pu lui trouver du charme?

— Je suis désolée, dit-elle à Apollon une fois qu'elle eut repris ses sens. C'est de ma faute, si nous perdons.

Apollon secoua la tête, mais ce n'était pas le temps de discuter. À la deuxième ronde, la même chose arriva. Apollon visa dans le mille, alors que la flèche d'Artémis ne réussit même pas à atteindre la cible. Au tour d'Orion, il atteignit le centre, mais avec un léger décalage, cette

fois. Sa mauvaise visée bousillait l'entraînement qu'elle avait prodigué à ses
flèches.

— Je suis bien fâché de l'admettre,
mais il est plutôt bon, dit Apollon.

— Non. Il triche. Avec *mes* flèches,
insista Artémis.

Puisqu'Orion n'avait pas de coéqui-
pier, il devait tirer deux fois. Comme il
encochait une deuxième flèche, se préparant à tirer de nouveau, elle donna un
coup de coude à Apollon.

— Regarde bien ça. Si ces flèches sont
les miennes, elles m'obéiront à moi, pas à
lui.

Au moment où Orion relâcha la
corde, elle murmura :

— Précise et excellente flèche d'argent, de ce garçon va piquer le fondement!

Et puisque la flèche était bel et bien la sienne, elle fit ce qu'Artémis lui avait demandé. Décrivant une boucle dans les airs, elle rebroussa chemin et alla se ficher dans le derrière d'Orion.

— Aïe! Aïe! s'exclama Orion, se tenant le postérieur à deux mains et sautillant sur place. Venez m'aider, quelqu'un! J'ai besoin d'assistance médicale. Et d'une nouvelle toge!

— Oh, ne sois pas si mélodramatique, lui lança Artémis en levant les yeux au ciel.

— Ouais, garde ça pour la scène, cria Apollon en croisant les bras. Nos flèches sont magiques. Elles ont beau piquer un peu, mais tout le monde sait que tu n'es pas vraiment blessé, toi y compris.

Orion ne répondit pas. Cependant, son numéro de comédie avait été suffisamment bon pour que la compétition s'arrête un certain temps pendant que les autres viennent l'entourer et lui manifester leur empathie. Dans les gradins, ses amies faisaient signe à Artémis de s'approcher.

— Que vient-il de se passer ? demanda Perséphone lorsqu'Artémis arriva près d'elles.

— Orion a été atteint à l'endroit le plus douloureux pour lui, répondit-elle.

— Son derrière? demanda Athéna.

— Son égo, dit Artémis en faisant un sourire entendu.

— C'est une cible plutôt grosse, dit Aphrodite.

Elles se mirent à rire toutes ensemble.

— Merci d'être venues, dit rapidement Artémis à ses amies, en voyant qu'Orion était de nouveau seul. On se voit plus tard.

Elle remarqua leurs regards soucieux lorsqu'elle les quitta pour se diriger vers Orion. Elles pensaient sans doute qu'elle l'aimait toujours. Eh bien, elles avaient tort sur ce point. Maintenant qu'elle avait enfin vu quel mégacrétin il était réellement, c'en était fini de lui. Sauf pour une dernière chose. Courant vers lui, elle arracha ses flèches d'argent de son carquois.

— Tiens, dit-elle en lui tendant ses flèches de bois. Je crois que celles-ci t'appartiennent.

— Vraiment? Je me demande bien comment nos flèches ont pu être interverties, dit Orion, l'air surpris.

Il était si bon acteur qu'elle crut presque à son air d'innocente perplexité… Presque, mais pas tout à fait.

— Ouais, je me le demande bien, dit-elle en lui jetant un regard lui signifiant qu'il n'allait pas s'en tirer indemne cette fois. Maintenant, je vais devoir passer des heures à désapprendre à mes flèches les mauvaises habitudes que tu leur as fait prendre. Merci pour rien.

Se retournant, elle alla vers son frère. Derrière elle, Orion boitillait hors du terrain, faisant toujours mine d'être blessé. Apparemment, il était trop pleutre pour continuer le concours sans l'aide de ses flèches.

— Je ne comprends pas. Comment a-t-il pu se retrouver avec tes flèches? lui demanda Apollon lorsqu'elle le rejoignit.

— Je l'ai emmené dans la Forêt des bêtes, admit-elle.

— Quoi? Pourquoi? dit-il avec stupéfaction.

— C'est compliqué, répondit Artémis en haussant les épaules.

— J'imagine, dit Apollon, furibond.

Étant donné leur piètre performance du début, leur équipe perdit le tournoi loin derrière les autres. Artémis savait que son frère était très en colère contre elle. Elle aurait voulu le laisser seul jusqu'à ce qu'il se calme, mais elle se força à faire la meilleure chose qui soit : lui présenter des excuses.

— Je suis désolée, lui dit-elle en marchant à côté de lui en direction des gradins.

— Tu as raison de l'être, marmonna-t-il.

Faisant un signe de la main à Dionysos et à d'autres copains, il partit en courant, la plantant là pour aller les rejoindre.

Elle resta figée sur place, le regardant s'éloigner, bouche bée. Ils s'étaient toujours soutenus, défendus et encouragés l'un l'autre, et elle avait tenu leur amitié pour acquise. Mais pour l'instant, il était en colère contre elle. Elle ne s'était jamais sentie aussi seule, et elle ne savait pas comment rafistoler les choses entre eux. En revanche, elle savait que se disputer pour quelqu'un comme Orion était tout à fait stupide.

8

Démission

Lorsqu'Artémis aperçut Orion à son casier le lundi matin, son premier réflexe fut de se retourner et de s'en aller. Mais elle se pencha et flatta ses chiens en réfléchissant.

— Non, murmura-t-elle à Suez. Ce serait lâche de ma part. Et comme son casier n'est qu'à deux pas du mien, je vais forcément tomber sur lui de temps à autre. Mieux vaut l'affronter et en finir avec ça.

Suez lui lécha la main avec empathie.

— Artie! Attends d'apprendre la nouvelle! dit Orion lorsqu'il la vit s'approcher.

Il agissait comme si rien ne s'était passé la veille. Comme s'il n'avait pas chipé ses flèches, ne l'avait pas ridiculisée et n'avait pas triché. Comme s'il n'avait rien fait de mal du tout. En fait, il avait le sourire fendu jusqu'aux oreilles. Et il semblait être en train de vider son casier.

— Quelle nouvelle? demanda-t-elle en se penchant pour faire une rapide caresse à Sirius, car le petit chien n'avait rien à voir avec les agissements de son maître.

Puis elle farfouilla dans son propre casier pour prendre le rouleau de texte qu'elle était venue chercher.

— Hermès vient de m'apporter un message de la Terre. L'acteur vedette de la nouvelle pièce du Dionysia, le plus grand amphithéâtre de toute la Grèce, est gravement atteint de catarrhe! Toux, éternuements, tout le bazar.

Il semblait ravi que l'autre comédien ait la grippe.

— Et c'est une bonne nouvelle? demanda-t-elle en refermant la porte de son casier.

— Oui, parce qu'on m'a demandé de le remplacer !

Orion avait un sac à l'épaule et il y mettait ses derniers effets.

— Oh ? Et quand dois-tu commencer ? demanda Artémis, traversée soudainement d'un pressentiment.

— Tout de suite ! Hermès m'attend dehors dans son char pour m'emmener sur Terre.

— Quoi ? dit-elle, ahurie. Mais *La flèche* commence dans une semaine à peine.

— Je vais devoir abandonner, dit-il en haussant les épaules.

Il referma son casier et s'engagea dans le couloir, Sirius trottinant sur ses talons.

— Abandonner ! Mais tu ne peux pas laisser tomber comme ça ! dit Artémis en le rattrapant. Les gens ont acheté leurs billets. Tout le monde a répété, fait des décors. As-tu pensé aux autres acteurs ? Et à tes admiratrices ?

— Je suis désolé de décevoir mes admiratrices, bien sûr, mais l'offre qu'on me fait sur Terre est trop intéressante pour la laisser passer. De plus, dit-il en se frottant le derrière, l'AMO est trop dangereuse pour moi. Et si cette flèche m'avait atteint au visage, hier ? Cela aurait ruiné mon profil parfait. Et ma carrière d'acteur aurait pris fin comme ça ! dit-il en claquant des doigts.

Elle ne se donna même pas la peine de lui rappeler que les flèches magiques ne pouvaient lui faire aucun mal. Elle le suivit plutôt, ses chiens trottinant non loin derrière.

— Mais qu'allons-nous faire sans toi ? Tu es le personnage principal !

Il haussa les épaules de nouveau, comme si tous les problèmes que son départ allait causer ne valaient pas la peine qu'il leur accorde du temps ou de l'attention.

— Ne comprends-tu donc pas ? Ce n'est pas qu'une pièce dans une école, ce qu'on m'offre sur Terre. C'est du vrai. Mon nom sous les flambeaux à l'amphithéâtre Dionysia.

Artémis le suivit dans l'escalier de granite poli de l'entrée principale de l'école, mais, hormis le faire trébucher, elle ne pouvait imaginer aucun moyen de l'arrêter.

Au bas des marches, Orion s'arrêta et la regarda pensivement.

— Hé, je viens d'avoir une idée! Pourquoi ne viendrais-tu pas avec moi? Je n'ai pas eu beaucoup de temps pour étudier le nouveau texte, et tu pourrais m'aider à apprendre mes répliques, lui dit-il avec un sourire qui découvrait ses incroyables dents blanches et qui faisait pétiller ses yeux.

Il pouvait actionner son charme sur commande comme on le faisait de la fontaine à nectar, prit-elle conscience. Eh bien, cette fois, ça ne marcherait pas.

— Tu plaisantes. Non! s'exclama Artémis. Tu laisses tomber tout le monde ici. Ne t'en soucies-tu pas?

Une partie d'elle-même était étonnée de voir de quelle manière elle lui tenait tête après plusieurs semaines passées à l'avoir laissé diriger sa vie. Une partie d'elle savait qu'elle devait le faire. S'il se rendait compte à quel point il était injuste pour les autres, peut-être réussirait-elle à le faire changer d'idée.

— Je suis désolé que tu te sentes comme ça, lui dit-il, mais je n'ai pas le temps d'arranger les choses maintenant. La répétition commence dans une heure, alors je dois absolument partir. Tu vas expliquer ça à tout le monde pour moi, n'est-ce pas?

— Quoi! s'étouffa Artémis de stupéfaction. Tu veux que j'explique ça au directeur Zeus?

Elle aurait préféré affronter une créature en solo plutôt que devoir annoncer de si mauvaises nouvelles au directeur!

Se retournant, Orion sauta dans le char d'Hermès et dit à ce dernier qu'il était prêt à partir.

— Non... Attends!

Elle se précipita vers le char, mais avant d'avoir pu l'arrêter, il s'éleva et s'en alla, la laissant ramasser les pots cassés d'Orion et affronter la déception de tout le monde... encore une fois.

— Où s'en va-t-il? demanda une voix derrière elle. Celle d'Aphrodite.

Artémis se retourna et la vit, avec Perséphone, Athéna et son frère, qui descendaient les marches de granite vers elle.

— Orion a démissionné de notre pièce, lança-t-elle.

— Quoi! dirent-ils tous ensemble sur le même ton incrédule.

— C'est pourtant vrai. Il a obtenu le premier rôle dans une grosse production à l'amphithéâtre Dionysia, en Grèce, alors il est parti, comme ça. Pouvez-vous le croire? dit-elle en faisant un geste vers le char dans le ciel.

— Oui, dit Apollon.

Et il la fustigea du regard en croisant les bras. Comme si c'était de sa faute à elle.

Artémis poussa un grand soupir. De toute évidence, son frère ne lui avait pas encore pardonné ce qui s'était passé la veille. En regardant en direction de l'école, son estomac se noua.

— Le directeur Zeus ne sera pas du tout content d'apprendre ça.

— Orion ne s'est même pas donné la peine d'avertir mon père? demanda Athéna, outrée.

Artémis secoua la tête.

— Quel pleutre! dit Perséphone, qui d'habitude trouvait toujours quelque chose de gentil à dire au sujet de tout le monde.

— J'imagine que c'est à moi de lui annoncer la nouvelle, dit Artémis en commençant à monter les marches, le cœur battant.

— Es-tu devenue folle? lui dit Aphrodite en la rattrapant. Tu vas vraiment aller annoncer au directeur que sa pièce tombe à l'eau?

— Quelle est la pire chose qu'il pourrait faire? demanda Artémis en s'arrêtant, ne désirant pas vraiment connaître la réponse.

Perséphone se racla la gorge.

— Ahum. Vous avez vu son bureau? Plein de trous tout partout laissés par les éclairs qu'il lance?

— Hé, c'est de mon père que tu parles, lui rappela Athéna.

— Désolée, mais le fait est qu'il a mauvais caractère, dit Perséphone.

— Ça, je ne peux pas le nier, dit Athéna en haussant les épaules.

— Mais Zeus jappe plus fort qu'il ne mord, n'est-ce pas? dit Artémis après avoir pris une grande inspiration. Il a beau crier, mais il ne va pas me changer en crapaud ou quelque chose comme ça.

Les autres ne dirent pas un mot. Même Apollon. Et tout le monde sembla éviter son regard. Hum.

Aphrodite brisa enfin le silence.

— Oh oh. En parlant de Zeus, le voici qui arrive.

— Salut papa! lui lança Athéna, comme si elle espérait que cela le rende de meilleure humeur. En vain.

— Par tous les tonnerres, que se passe-t-il ici? tonna Zeus. Un dieu n'a-t-il pas le droit de dormir pour une fois sans que quelqu'un fasse un voyage en char non autorisé?

Il portait une longue tunique et des pantoufles en peluche décorées d'éclairs. Ses cheveux roux partaient dans toutes les directions comme s'ils étaient électrifiés. Cela semblait à peine possible, mais il avait l'air encore plus épeurant que d'habitude dans son pyjama, en s'approchant de leur petit groupe.

— Qui est responsable de tout ce chahut? demanda-t-il en agitant une grosse main massive en direction du

char qui disparaissait rapidement à travers les nuages en direction de la Terre.

Un silence de mort accueillit sa question. Il commença à taper du pied
d'impatience.

— EH BIEN? tonitrua-t-il.

Artémis fit un pas en avant.

— Monsieur le directeur Zeus, j'ai
d-de m-mauvaises n-nouvelles à…

— ALLEZ, PARLE JEUNE FILLE!
rugit-il.

Artémis prit soudain conscience que
les prouesses physiques lors des chasses
n'étaient qu'une des diverses formes de
bravoure. Il lui en fallait une bien diffé-
rente pour l'instant. Joignant les mains

pour les empêcher de trembler, elle regarda le directeur droit dans les yeux.

— Orion est parti.

— Orion? cilla Zeus.

— L'étudiant étranger du programme d'échange? lui rappela Artémis. Il a accepté un rôle dans une autre pièce, en bas sur Terre, et il démissionne de *La flèche*.

Elle remarqua que les autres la regardaient avec stupéfaction. Paraissait-elle plus brave que ce qu'elle sentait?

— QUOI? dit Zeus d'une voix plus forte que jamais.

Mais elle refusa de s'aplatir même si elle avait très peur. D'une certaine manière, c'était comme un combat. Il suffisait de demeurer calme, de ne pas perdre l'esprit et de l'affronter avec autant de force de caractère qu'elle pouvait rassembler.

— Ne vous en faites pas. Tout est réglé.

Entendre le ton calme et raisonnable de sa propre voix la fit se sentir plus intrépide.

— Et comment peux-tu dire ça? demanda-t-il, croisant ses bras musclés.

— Dionysos est la doublure d'Orion. Il peut le remplacer sans problème, dit-elle, certaine que c'était le cas.

— Et qui va jouer le rôle de Dionysos? dit Zeus en fronçant les sourcils.

Chacun avait le regard vide.

— Hum… dit Artémis en réfléchissant à toute vitesse, des gouttes de sueur se formant au-dessus de ses sourcils.

— C'est moi, dit Apollon.

Artémis le regarda, plus reconnaissante qu'elle ne l'avait jamais été avant.

— Et tu connais son rôle? dit Zeus.

Apollon leva les yeux au ciel.

— Il n'a que six répliques. Le rôle consiste principalement à tirer à l'arc, ça ne devrait pas poser trop de problèmes!

Il fit claquer une main sur l'épaule d'Artémis et regarda Zeus dans les yeux.

— Ma sœur et moi, nous sommes presque nés avec un arc et des flèches à la main.

Zeus avait encore l'air grognon, mais les choses s'arrangeaient si bien qu'il sembla se calmer un peu. Il bâilla bruyamment et se gratta la barbe. Puis, un air bizarre, mais pas inconnu, se peignit sur son visage, et il se frappa la tempe du poing.

— Quoi? dit-il. Oui, eh bien, je suis surpris moi aussi, mais que veux-tu? On ne peut pas gagner à tous les coups.

— Il parle avec ma mère, murmura Athéna aux autres.

Comme tout le monde le savait, aussi étrange que cela puisse paraître, Métis, la mère d'Athéna, était une mouche qui vivait à l'intérieur du crâne de Zeus.

Zeus inspira profondément, écoutant la voix que lui seul pouvait entendre.

— Oui, chérie. Je sais que tu ne te trompes presque jamais. J'étais certain, moi aussi, que le jeune Orion était une étoile montante.

Tout en poursuivant sa conversation avec la mère invisible d'Athéna, il se retourna sur un pied géant chaussé d'une pantoufle et s'en retourna vers l'Académie, l'ourlet de sa longue tunique voletant au vent derrière lui.

— Merci Apollon, dit Artémis. Je sais que tu n'aimes même pas l'art dramatique, c'était donc très gentil à toi de te porter volontaire pour jouer le rôle de Dionysos.

— C'est bien le moins que je peux faire, dit-il en haussant les épaules. Je n'ai pas été tout à fait honnête avec toi, admit-il. L'une des raisons pour laquelle j'ai été si grincheux ces derniers jours n'a rien à voir avec toi. J'étais contrarié parce que Daphné m'a envoyé une note me disant qu'elle voulait que nous soyons simplement des amis. J'aurais dû deviner qu'elle ne voulait pas de moi comme amoureux. Elle se cachait derrière un arbre chaque fois que je l'approchais.

— Je sais comment tu te sens, dit Artémis en passant un bras autour des ses épaules. Vraiment. Et je suis désolée.

— Ça fait mal, lorsque quelqu'un ne t'aime pas de la même manière que tu l'aimes, n'est-ce pas? dit Apollon en hochant la tête.

— Ouais, mais ce n'est pas que pour cela que je suis désolée. J'aurais dû t'écouter. Tu avais raison à propos d'Orion, seulement, je n'arrivais pas à le voir.

— C'est vraiment un crétin, dit Aphrodite qui les avait entendus.

— Un mégacrétin, dit Artémis en hochant la tête.

Les autres se mirent à rire, et elle sourit en sentant que les choses revenaient à la normale avec ses amies et son frère. C'était comme si elle avait été touchée elle-même par l'une des flèches d'Éros pendant un certain temps. Une flèche qui l'avait brièvement fait tomber amoureuse d'Orion, tout comme Éros était devenu amoureux de Psyché dans la pièce.

Mais dans son cas, ce coup de foudre s'était totalement dissipé !

9

Bêtes sauvages

Après ses deux récentes expériences éprouvantes dans la Forêt des bêtes, Artémis appréhendait d'y retourner. Mais elle ne put éviter d'y aller lorsque les élèves du cours de bêtesologie durent s'y rendre de nouveau le vendredi suivant. Elle songea à se porter malade, mais elle ne voulait pas laisser tomber ses amies. Donc, lorsqu'il n'y eut plus moyen de repousser le moment de s'y rendre, elle chargea dans son char son carquois de flèches d'argent, une paire de sandales ailées et ses trois chiens, et ordonna à ses quatre cerfs blancs de l'emmener dans la forêt.

Lorsqu'elle arriva, Aphrodite, Athéna et Perséphone l'attendaient déjà, leurs sandales magiques leur permettant de flotter à quelques centimètres au-dessus des fleurs sauvages colorées qui poussaient sur le sol de la forêt. Les chiens d'Artémis sautèrent les premiers hors du char, accueillant les amies d'Artémis et reniflant les alentours avec excitation. À contrecœur, elle glissa son carquois et son arc sur une épaule et descendit elle aussi.

S'assoyant sur un rocher moussu, elle laça ses sandales ailées. Plus vite elles commenceraient, et plus vite elles finiraient, n'est-ce pas? Elle se leva pour aller voleter près des autres.

— Prête, annonça-t-elle.

Ping! Ping!

— La troisième période de l'Académie du mont Olympe est maintenant en cours, annonça une voix au loin.

— Juste à temps, dit Perséphone. Allons-y.

Tout le monde se retourna vers Artémis, en attente.

— Quelqu'un d'autre prend la direction des opérations, cette fois, dit-elle. Je ne le sens vraiment pas, aujourd'hui.

— Je m'en occupe, se proposa Athéna.

Et elles se mirent en route. Artémis surveillait les arrières, scrutant la forêt, ses yeux balayant les alentours. Son cœur battait la chamade, et elle écoutait attentivement pour déceler tout signe de créatures embusquées.

Clink! Clink! Clink!

Artémis tressaillit.

— Q-Qu'est-ce que c'était? cria-t-elle.

— Dieux du ciel, tu es à cran, aujourd'hui, dit Aphrodite.

Elle se trouvait juste devant elle et lui montra un troupeau de chèvres à barbichette blanche qui broutaient de l'herbe

non loin. Le tintement était celui des clo-
ches que les nymphes avaient accrochées
à leur cou pour ne pas qu'elles s'égarent.

Artémis essaya de se calmer. Elle ne
leur serait d'aucune utilité si elle sursau-
tait au moindre bruit. Son arc préféré
était paré à tirer. Sa main se replia sur
l'arc et sa confiance commença à revenir
peu à peu. Elle se dit qu'elle était capable
d'affronter ce qui se présenterait. *Boum!*
Soudainement, elle se cogna à Aphrodite,
car, pour une raison ou pour une autre,
ses amies devant elle s'étaient arrêtées
brusquement.

Regardant autour, Artémis déglutit
avec peine. Des minotaures étaient
apparus sur leur chemin! Il y en avait

trois. Chacun était énorme, doté de cornes, de mains griffues et de sabots. Et tous portaient un anneau doré aux naseaux.

« Ils ne sont pas réels », se dit-elle.

« Ils ne peuvent faire de mal à personne », lui disait son esprit.

Mais son corps ne voulait pas la croire et continuait de trembler.

— Que se passe-t-il ? haleta Aphrodite. Pourquoi sont-ils si nombreux ?

Hic ! Hic ! Hic ! Chacune des trois créatures se mit à avoir le hoquet en même temps. Comme si on venait de tourner un bouton, ils se transformèrent instantanément en griffons souffleurs de feu !

Hic! Hic! Hic! Puis ils se transformèrent en hippocampes. *Hic! Hic! Hic!*
Chacun devint ensuite un charybde, puis
ils redevinrent des minotaures.

— Il y a quelque chose qui ne va pas,
dit Perséphone. Ils ne devraient pas se
métamorphoser de la sorte.

— Peut-être est-ce un nouveau type
d'examen que le professeur Ladon veut
nous faire passer, dit Athéna.

Étant à la tête du petit groupe, elle fut
la première à encocher une flèche et à
tirer en direction de l'un des minotaures.
En faisant un grand sourire grimaçant,
celui-ci attrapa la flèche entre ses grandes
dents horrifiantes.

— Ce n'est jamais arrivé avant, dit Artémis en retenant son souffle.

Les quatre déesses se mirent à tirer, envoyant flèche après flèche, en vain. Soit les bêtes les attrapaient, soient les flèches passaient au travers de leur corps pour aller atterrir sur le sol derrière eux.

— Peu importe combien de fois nous leur tirons dessus, ils ne s'envolent pas en fumée, murmura Perséphone.

La peur qui habitait Artémis semblait désormais l'avoir gagnée elle aussi.

— Il y a q-quelque chose de b-bizarre à leur sujet, dit Aphrodite d'une voix plus aiguë d'une octave.

Elle avait commencé à claquer des dents, et Artémis savait que ce n'était pas de froid.

— V-voyez-vous comme ils b-brillent ? poursuivit Aphrodite. Pourquoi sont-ils tout d-dorés ?

— Oh oh, dit Artémis en écarquillant les yeux, comprenant soudain de qui s'était passé.

Si elle avait raison, tout ça, c'était de sa faute. Et cela signifiait que c'était à elle d'arranger les choses. Mais comment ?

Les autres commencèrent à reculer pour s'éloigner des créatures. Elles la regardaient comme si elles attendaient qu'elle fasse quelque chose. Les sauver, peut-être ?

— Toi, tu sais ce qui se passe, n'est-ce pas ? lui dit Athéna.

Son visage était devenu aussi pâle que celui de Perséphone l'était naturellement et en tout temps.

— Raconte-nous !

— J'ai emmené Orion ici, il y a quelque temps, admit Artémis. Et lorsqu'un scorpion a fait irruption devant nous de manière inattendue, je l'ai vaporisé avec la bombe de Peaudedieu d'Orion pour que nous puissions nous enfuir.

Hic ! Hic ! Hic ! Au même moment, les trois créatures se transformèrent en manticores. L'une d'elles agita sa queue hérissée, leur lançant des épines.

— Aïe ! L'une des épines venimeuses vint se ficher dans la cheville d'Athéna.

Elle hurla de douleur et tomba par terre. Aphrodite et Perséphone se jetèrent à genoux à côté d'elle. Artémis se plaça devant ses amies, lançant flèche après flèche en direction des bêtes pour les garder à distance.

Aphrodite arracha l'épine de la cheville d'Athéna, sans se soucier pour une fois de salir son chiton.

— Les créatures ne sont pas censées pouvoir nous faire du mal. Mais Athéna est vraiment blessée! dit-elle.

— Je vais bien, dit Athéna d'une voix néanmoins faible.

— Non, tu ne vas pas bien, dit Perséphone. Tu saignes. Mais ne t'inquiète pas, je vais te soigner.

Elle se mit rapidement à préparer un cataplasme en écrasant des racines et des feuilles qu'elle trouva à proximité.

— C-croyez-vous que le vaporisateur d'Orion ait e-endommagé le mécanisme de protection que monsieur Ladon avait intégré à son j-jeu ? bredouilla Aphrodite, les yeux rivés sur le triplé de manticores.

— On dirait bien, dit Artémis en serrant les dents et en continuant à tirer ses flèches.

Mais les manticores les balayaient de la patte aussi aisément que s'il s'agissait de mouches.

Perséphone déposa le cataplasme sur la cheville d'Athéna.

— Ceci devrait faire sortir le venin, dit-elle, mais tu n'es pas en état de te battre. Il faut que nous te ramenions à l'école.

— Quelqu'un sait comment échapper à ces créatures? demanda Aphrodite.

Elles demeurèrent toutes muettes et elles étaient apeurées.

— Artémis? demanda Perséphone.

Aphrodite et Athéna la regardèrent elles aussi avec espoir.

— Je réfléchis, répondit Artémis, son esprit fonctionnant à toute allure.

Elle s'était toujours demandé ce qu'elle ferait si elle se retrouvait aux prises avec de vraies créatures. Celles-ci avaient beau ne pas être réelles, elles étaient néanmoins dangereuses. Si elle voulait vraiment mettre sa bravoure à l'épreuve, c'était le moment où jamais ! Repoussant sa peur, elle tira encore et encore, mais peu importe qu'elle vise bien ou souvent, les bêtes continuaient à avancer. Et bien qu'elle fût préoccupée par la sécurité de ses amies, Artémis était également soucieuse pour ses chiens. L'une des créatures avait réussi à les acculer dans un coin, et ils gémissaient, la queue entre les pattes. De temps à autre, elle réussissait à voir ses cerfs au loin qui jetaient des coups d'œil de leur côté, trop effrayés pour tenter de les secourir avec son char.

— S-si seulement il y avait moyen d'é-éteindre le j-jeu, se lamenta Aphrodite.

Réfléchissant à ce qu'Aphrodite venait de dire, Artémis tendit la main pour prendre une autre flèche. Se rendant compte que son carquois était vide, elle le jeta et attrapa celui d'Athéna pour le passer à son épaule.

— Il y a certainement une sorte d'interrupteur pour désactiver ces créatures dégoûtantes, et je parie qu'il se trouve au centre de ce labyrinthe.

— Non... tu ne songes pas vraiment... dit Perséphone. C'est interdit de pénétrer dans le labyrinthe. Nous n'en connaissons pas les règles. C'est trop dangereux.

— Et continuer ce combat sans issue, ce n'est pas dangereux? riposta Artémis. Chaque section de la forêt est gérée distinctement. Personne, ni Apollon, ni

Hadès, ni même le professeur Ladon, n'est conscient que nous sommes en danger ici. Alors, évalue nos choix, dit-elle en tirant une nouvelle flèche vers les créatures, qui s'étaient désormais transformées en sangliers de Calydon.

Lorsque la flèche rebondit encore une fois sur l'une des bêtes, Aphrodite râla. À contrecœur, elle se releva et commença à tirer aux côtés d'Artémis.

— Mais même si tu réussis à traverser leur ligne, comment te rendras-tu jusqu'au centre du labyrinthe?

— Je dois essayer, dit Artémis.

Il ne lui fut pas facile de rassembler son courage, mais dans très peu de temps, il ne leur resterait plus de flèches;

quelqu'un devait donc faire quelque chose, et vite. Et de plus, elles ne se seraient pas retrouvées dans cette fâcheuse situation, n'eut été d'elle.

— Continue à tirer, Aphrodite. Cela détournera l'attention des bêtes pendant que j'essaierai de me faufiler derrière elles.

— Ces créatures ne sont plus prévisibles comme avant, dit Perséphone en l'attrapant par le bras. Nous ne savons pas de quoi elles sont capables. Tu pourrais être blessée.

Artémis essaya de paraître aussi sûre d'elle qu'Orion.

— Ça va aller. La chasse, c'est ma spécialité, tu le savais?

Et pour couper court à toute autre argumentation, elle s'en alla, tout simplement. Se glissant furtivement d'un arbre à l'autre, elle fit le tour de la clairière, s'avançant vers l'entrée du labyrinthe. Les grognements des bêtes, leurs hoquets et le son sifflant des flèches lui semblaient terriblement près, mais très rapidement elle fut tout près de l'ouverture dans les buissons de houx qui formaient le labyrinthe. Détalant à toute vitesse hors du couvert de la forêt, elle fila vers l'ouverture et y plongea.

Elle avait réussi! Courant dans l'un des embranchements du sentier continu, elle vira, puis enfila un autre embranchement. Le sentier sinuait de tous côtés, chaque portion séparée des autres par d'épais buissons qui l'empêchaient complètement de voir où elle allait. «Labyrinthe» n'était qu'un mot sophistiqué pour parler d'un dédale, et il aurait sans doute fallu qu'il lui pousse des ailes pour pouvoir trouver son chemin jusqu'au centre de celui-ci.

Le sol trembla derrière elle. Des pas. De grands pas lourds. Cela sentait la manticore. Quelque chose agrippa son chiton par-derrière. Argh. Une griffe géante l'avait accrochée, la soulevant haut dans les airs. Devant ses yeux, la manticore commença à se métamorphoser, et Artémis se retrouva à regarder en plongée les yeux en fentes d'un énorme python sinueux. Puisqu'il n'avait pas de bras, il la tenait dans les airs avec sa queue. La bête grimaçait, découvrant trois rangées de dents aussi acérées que celles d'un requin. Elle se sentit descendre, jusqu'à ce que ses jambes qui battaient l'air désespérément se retrouvent juste au-dessus de la bouche du serpent. Elle sentait son haleine puante, ainsi que la chaleur de son souffle. C'en était fait d'elle. Elle allait devenir de la chair à python.

Au loin, Artémis entendait grogner et renifler les autres bêtes. Si elle échouait à cette mission, les bêtes n'allaient faire qu'une bouchée de ses amies et de ses chiens. Comme elle allait se résigner à son sort, elle remarqua quelque chose. De cette hauteur, elle arrivait à voir le tracé du labyrinthe dans son ensemble. C'était un carré énorme, divisé en quatre quadrants symétriques. Elle prit mentalement note du chemin pour se rendre en son centre. Puis elle retira l'arc de son épaule et le laissa tomber dans la gueule béante du serpent. L'arc s'y logea, étirant les lèvres du monstre en un sourire macabre en forme d'arc. Le serpent la laissa immédiatement tomber afin de se servir de sa queue pour déloger l'arc de sa mâchoire. Elle roula-boula dans les airs, mais, à quelques centimètres du sol, elle se redressa, et les sandales ailées amortirent sa chute. À bout de souffle, elle fila néanmoins à toute vitesse.

Après une vingtaine de tournants, Artémis arriva au centre du labyrinthe, où elle découvrit une fontaine qui gargouillait. L'eau s'écoulait de la bouche d'une statue de dragon à trois têtes, coulant le long du corps de bronze écailleux jusque dans le bassin qui l'entourait. L'une des bouches du dragon était ouverte, lançant des flammes de bronze. Cette tête en particulier lui rappelait quelque chose. Et en y regardant de plus près, elle s'aperçut qu'elle ressemblait étrangement au professeur Ladon. Elle retira ses sandales d'une secousse et entra dans le bassin.

«Comment faire pour éteindre ce truc?»

Boum! Boum! Des pas. Des pas de géryon, cette fois. La créature la pourchassait de nouveau.

Elle releva son chiton et gravit la fontaine le long du cou glissant du dragon de bronze, cherchant un interrupteur qui lui permettrait de mettre le jeu et les créatures hors fonction. Il devait bien y en avoir un, mais où? Grimpant encore plus haut, elle posa le pied dans la gueule de la tête du milieu. Ouch! Les dents du dragon, même si elles étaient de bronze, étaient pointues! En retirant son pied, elle accrocha la langue du dragon. Celle-ci céda sous son poids, comme la poignée d'une pompe. Perdant l'équilibre, Artémis glissa le long de la statue et tomba dans le bassin.

Pop! Pop! Pop! Même sous l'eau, elle entendait distinctement les sons. Elle se releva, toute dégoulinante. Et elle attendit de se faire happer par des griffes qui ne se matérialisèrent pas.

«Qu'est-il arrivé au géryon?»

— Artémis? C'était Perséphone qui l'appelait au loin.

— Oui! répondit-elle.

— Les bêtes ont disparu! l'informa joyeusement Perséphone.

— Disparues dans un nuage de fumée violette, cria Aphrodite. Est-ce que ça va?

Artémis poussa un grand soupir de soulagement. La langue du dragon dans la fontaine était certainement l'interrupteur pour arrêter le jeu!

— Oui! Je sors, cria-t-elle.

Retournant sur ses pas dans le labyrinthe, elle retrouva bientôt ses amies. Elles s'étreignirent de joie.

— Fiou! C'est certainement le A le plus difficile que j'aie mérité en bêtes-ologie, dit Athéna. Ou dans n'importe quel autre cours, si ça se trouve.

Sa cheville ne la faisait plus souffrir. Sa blessure avait disparu instantanément lorsque les monstres s'étaient changés en fumée.

— Artémis nous a sauvé la vie, dit Aphrodite. Notre héroïne !

— Hourra pour Artémis la courageuse ! cria Perséphone.

— Merci, dit Artémis.

Puis, poussée par ce qui lui prit plus de courage que tout ce qu'elle venait de faire, elle admit quelque chose qu'elle n'aurait jamais cru avoir le courage d'admettre, et elle leur lança :

— Pour tout vous dire, j'ai eu la peur de ma vie.

Aphrodite l'entoura de son bras.

— Mais bien sûr, tu avais peur ! Nous avions toutes peur. Il faut être fou pour ne pas avoir peur de ça.

Artémis pensa qu'elle avait raison. Le vrai courage n'était pas de ne pas avoir peur, mais plutôt d'agir en dépit la peur. C'est alors qu'elle prit conscience qu'elle avait sans doute toujours eu plus de courage qu'elle ne se l'accordait.

Artémis sentit quelque chose lui toucher la main. Suez. Il tenait l'une de ses flèches entre les dents. Les autres chiens et lui n'avaient rien !

— Bon garçon ! lui dit-elle en lui tapotant l'échine. Mais je ne crois pas que nous aurons le temps d'aller chercher toutes nos flèches. Il faudra que nous revenions une autre fois.

— À en juger par la position du soleil, l'école est finie, dit Perséphone. Nous avons manqué notre dernier cours.

— Oh non! La pièce de théâtre! Il faut que j'y aille, sinon je vais être en retard pour la première! gémit Aphrodite.

— Et moi, je dois jouer les premières notes à la flûte dès que le rideau s'ouvrira! s'exclama Athéna.

Plaçant deux doigts entre ses lèvres, Artémis émit un sifflement strident. Des profondeurs de la forêt, les quatre cerfs aux bois d'or accoururent en tirant son char. Ils avaient l'air plutôt inquiet.

— Ne vous en faites pas, leur lança Artémis. Les bêtes sont parties.

À ces mots, ils s'approchèrent et mirent pied à terre. Artémis sauta dans le char et attrapa les rênes. Elle eut à peine le temps de dire à tout le monde de monter que déjà Aphrodite, Athéna, Perséphone et les chiens s'entassaient dans le char.

Ils filèrent tous ensemble à travers la forêt. Mais juste avant de tourner en direction du mont Olympe, Artémis entendit le jappement d'un chien. Elle regarda derrière et vit que ses trois chiens étaient tranquillement assis dans le char. Mais alors... qui?

— Attendez! leur cria alors quelqu'un.

Artémis aurait reconnu cette voix n'importe où. Orion. Et même si elle n'avait plus le béguin pour lui, son cœur la trahit en se mettant à battre un peu plus vite.

10

La constellation d'Orion

Artémis fit faire une boucle au char pour descendre à environ 25 centimètres du sol, tout près d'Orion et de Sirius.

— Que fais-tu ici? demanda-t-elle.

Elle sentit de la tension chez ses amies. Elles étaient en retard, et personne ne semblait avoir encore pardonné à Orion. Et pourquoi l'auraient-elles fait? Elle n'aurait jamais cru qu'il aurait le culot de se montrer dans les parages après s'être sauvé comme il l'avait fait. Mais comme d'habitude, Orion ne sembla pas se rendre compte de ce qu'il faisait aux autres.

— J'essayais de te retrouver, répondit-il.

— Mais pourquoi? demanda Artémis, étonnée.

— Ma pièce s'est terminée le soir même de la première, dit-il en enfonçant ses mains dans les poches de sa toge. Les spectateurs nous ont hués jusqu'à ce que nous quittions la scène. Peux-tu croire ça?

Artémis ressentit une pointe de joie tout à fait mesquine à la nouvelle de cet échec. Mais en même temps, elle avait aussi un peu de peine pour lui.

— Désolée d'entendre ça, dit-elle.

Orion haussa les épaules.

— Les auditoires sont imprévisibles.

Ses cerfs piaffèrent d'impatience dans les airs.

— Eh bien, il faut retourner à l'école, sinon nous serons en retard, dit Aphrodite froidement. C'est la première de *La flèche*. Tu t'en souviens?

Orion hocha la tête de façon empressé.

— Oui, c'est la raison de ma présence ici. Pouvez-vous m'emmener? Je veux aller parler au directeur Zeus avant le lever du rideau ce soir. Pour m'excuser d'avoir démissionné.

— Il est un peu tard pour ça, marmonna Athéna.

— Mieux vaut tard que jamais, dit Perséphone avec ironie.

Perséphone voyait toujours le bon côté des choses, mais Athéna avait raison elle aussi, pensa Artémis. Orion aurait dû s'excuser avant de partir de l'AMO. Mais puisqu'il essayait maintenant de faire les choses comme il fallait, elle voulait bien l'aider.

— D'accord. Monte.

Son visage s'illuminant, Orion prit Sirius alors qu'elle lui tendait la main. Lorsqu'il la prit, elle fut enchantée de ne pas retrouver l'étincelle d'excitation qu'elle avait naguère ressentie pour lui.

Orion se glissa dans le char et les trois autres filles s'éloignèrent de lui comme s'il avait eu la peste.

« C'est bien une peste », pensa Artémis en souriant pour elle-même.

— Dépêchons! dit Athéna. Mettons-nous en route.

— Char, ô mon beau char, élève-toi bien haut! Et emmène-nous à l'AMO! cria Artémis.

À ces ordres, les cerfs prirent leur envol, et tout l'équipage fila en hauteur. S'élevant toujours plus haut, ils flottaient au travers des nuages cotonneux qui encerclaient la montagne. Peu de temps après, les colonnes de marbre poli de l'Académie du mont Olympe apparurent. Et juste derrière l'école, l'amphithéâtre où aurait lieu la représentation de *La flèche*. La foule était compacte et presque tous les sièges étaient occupés. Artémis sentait l'excitation dans l'air. Lorsqu'ils atterrirent près de la scène, Athéna se précipita dans la fosse d'orchestre, tandis Aphrodite s'engouffrait dans les coulisses pour se rendre dans la salle des costumes. Perséphone l'accompagna pour l'aider à se coiffer.

— Bonne chance ! leur cria Artémis.

Les cerfs s'éclipsèrent, mais ses chiens, épuisés par leur aventure, restèrent à roupiller dans le char. Sirius resta avec eux, et elle décida de demeurer assise dans son char, observant Orion qui alla parler avec le directeur Zeus. Celui-ci avait les bras tellement remplis de rouleaux qu'il semblait jongler. Alors qu'il essayait de lire ses propres notes gribouillées sur l'un d'eux, un autre lui échappait des mains. Et quand il le rattrapait, un autre glissait. Un groupe d'étudiants acteurs et techniciens l'entouraient, lui posant des questions tous à la fois.

Les yeux d'Artémis s'écarquillèrent lorsqu'elle vit Orion se frayer un chemin dans cette petite foule et frapper Zeus sur l'épaule.

— Je peux vous parler, monsieur ?

Bien qu'elle se sente plutôt courageuse après son expérience dans la forêt, jamais elle n'aurait eu l'audace de déranger le directeur quelques minutes à peine avant le spectacle. Ce n'était vraiment pas le bon moment.

— TU NE VOIS PAS QUE JE SUIS OCCUPÉ ? tonitrua Zeus en guise de réponse.

Artémis sursauta, et même Orion parut surpris par son ton et sa voix imposante. Mais il se reprit rapidement.

— C'est très important, dit-il.

Zeus lui jeta un regard irrité, semblant se rendre compte seulement à ce moment de qui il s'agissait.

— TOI? TU ES CET ÉTUDIANT ÉTRANGER… ORBITE TOILE, C'EST ÇA? POURQUOI ES-TU REVENU?

— C'est O, maintenant, l'informa Orion obligeamment. Un diminutif pour Orion Létoile.

— O? demanda Zeux en relevant un sourcil narquois. EH BIEN, QUE VEUX-TU, O?

Mettant les mains autour de sa bouche, Orion se mit sur la pointe des pieds pour murmurer quelque chose à l'oreille de Zeus, ne voulant visiblement pas être entendu.

Mais quoi qu'il ait pu dire, les sourcils roux et broussailleux de Zeus formèrent un grand V de colère.

— TU ES DÉSOLÉ DE NOUS AVOIR FAIT FAUX BOND, O? dit-il d'une voix si forte qu'elle emplit tout l'amphithéâtre. ET TU VEUX QUE JE TE REDONNE LE RÔLE PRINCIPAL?

La mâchoire inférieure d'Artémis s'affaissa. Quel geste calculateur, traître et sournois de sa part! Même pour quelqu'un comme Orion, c'était bien bas.

Comment osait-il? Jamais elle n'aurait accepté de l'emmener si elle avait su ce qu'il avait l'intention de faire! Orion tressaillit et rentra les épaules, paraissant gêné que tout le monde dans l'amphithéâtre sache désormais ce qu'il avait demandé à Zeus. Ça lui apprendra. Orion et elle prenaient tous les deux des risques. Mais il y avait néanmoins une grande différence entre eux. Elle avait pris un risque plus tôt dans le labyrinthe pour sauver ses amies. Orion prenait des risques seulement à son profit.

— HORS DE QUESTION. CE RÔLE EST MAINTENANT TENU PAR

QUELQU'UN D'AUTRE, ET PLUTÔT BIEN, DOIS-JE DIRE, CHER O, PAR DIONYSOS.

— Oh! dit Orion, l'air momentanément perdu.

L'ignorant, Zeus se retourna vers les acteurs et les techniciens qui cherchaient à lui parler. Chacun semblait avoir un problème à régler avant que la pièce puisse commencer. Artémis pensa qu'il devait être vraiment difficile d'être à la fois directeur de l'école, roi des dieux et metteur en scène. Mais Zeus s'en tirait très bien, lançant sans difficulté trucs et suggestions à la ronde.

Nectar se retourna et posa sa tête sur les genoux d'Artémis, qui se mit à le flatter distraitement. Entre-temps, Orion avait repris ses esprits et tentait à nouveau d'attirer l'attention de Zeus, sautillant en agrippant sa manche. N'abandonnait-il donc jamais !

Mais Zeus continua de l'ignorer et de s'occuper des étudiants qui avaient vraiment besoin de son aide. Artémis vit Hadès et un technicien à queue de lézard attirer son attention au-dessus de leurs têtes, montrant du doigt un groupe de sept projecteurs. Comme Artémis levait la tête pour regarder dans cette direction elle aussi, Perséphone arriva.

— Hadès dit que certains des projecteurs pour la grande finale ne fonctionnent pas, dit-elle en regardant en haut elle aussi.

— Je ne m'étais jamais rendu compte à quel point présenter une pièce de théâtre pouvait être complexe, dit Artémis.

Lorsque son regard redescendit sur Zeus, Hadès et le technicien s'entretenaient avec lui d'un air grave. Mais Zeus fixait désormais Orion, qui s'était retourné pour partir, comme s'il avait finalement abandonné tout espoir de capter de nouveau l'attention du directeur.

Zeus transféra les rouleaux qu'il portait dans le creux de son bras et frappa Orion sur l'épaule de sa main libre.

— Aïe! couina Orion, lorsqu'un minuscule éclair d'électricité provenant des doigts massifs de Zeus le traversa.

— Attends une minute, dit le directeur en souriant à pleines dents, comme si Orion et lui étaient soudainement devenus les meilleurs amis du monde.

— Vous avez changé d'idée? dit Orion, son visage s'éclairant instantanément. Je peux reprendre le premier rôle?

— Non. Mais Hadès m'a donné une idée. Je crois que nous pourrions te trouver autre chose… un rôle bien spécial, juste pour toi, dit Zeus en se retournant et en faisant un clin d'œil à Hadès, qui eut l'air tout à fait perplexe.

— Mégafantastique! s'exclama Orion. J'ai appris tout le scénario et je suis prêt à jouer n'importe quel rôle.

— Excellent! dit Zeus en entourant les épaules d'Orion et d'Hadès de chacun de ses bras.

— Aïe! dirent-ils à l'unisson lorsqu'il les entraîna tous les deux dans les coulisses. Voyant disparaître son maître, Sirius bondit hors du char pour le suivre.

— J'espère que tu n'as pas peur des hauteurs, Artémis crut-elle entendre Hadès murmurer à Orion.

Cela n'avait aucun sens. Peut-être avait-il dit peur des projecteurs... Mais c'était encore plus insensé.

— Allons, dit Artémis en frappant dans ses mains pour réveiller Suez, Amby et Nectar avant de sauter du char. Trouvons un endroit pour nous asseoir avant que la pièce commence.

— Je me demande bien quel rôle Zeus va donner à Orion, dit Perséphone lorsqu'elles remontaient l'allée. Cela ne me semble pas vraiment juste de lui donner le rôle de quelqu'un d'autre.

— D'autant plus qu'Orion a mis tout le monde dans l'embarras en partant comme il l'a fait, dit Artémis.

Elles s'arrêtèrent près d'une fontaine où les chiens se désaltérèrent pendant quelques minutes.

— Zeus ne serait jamais injuste de la sorte, n'est-ce pas, demanda-t-elle?

— Je ne croirais pas, dit Perséphone, toutefois hésitante.

Une fois que les filles eurent trouvé des places, Artémis installa ses chiens à côté d'elle. Juste au moment où elle réussit à les calmer, les premières notes douces et agréables de la flûte d'Athéna retentirent, annonçant ainsi que la pièce était sur le point de commencer. Après des semaines de répétitions et de construction de décors, les efforts de la distribution et de l'équipe allaient enfin être révélés. Artémis sentit l'excitation monter en elle. Elle arrivait à peine à croire que le grand jour était arrivé!

Le rideau se leva dans un chuintement pour découvrir une toile de fond
représentant le flanc d'une montagne
couvert de fleurs, avec un dragon cra-
cheur de feu, un centaure et une bête ou
deux qui s'y promenaient. L'auditoire fit
des «Oh!» et des «Ah!». La majorité des
spectateurs voyaient le décor pour la première fois. Aphrodite s'avança sur la
scène. Elle portait un long chiton fluide
d'un bleu appareillé à celui de ses yeux,
et ses cheveux blonds ondulés étaient
parsemés de fleurs. Encore des exclamations de la part des spectateurs.

— Hé, fit Artémis en donnant un
léger coup de coude à Perséphone. Beau
travail pour les cheveux d'Aphrodite,

murmura-t-elle. Difficile de croire qu'elle vient juste de se battre contre des créatures. Elle est si belle.

— N'est-ce pas? dit Perséphone, les yeux brillants.

Une fois qu'Aphrodite eut déclamé quelques répliques, Dionysos apparut sur la scène. Il paraissait toujours aussi bien, vêtu d'une toge blanche et tenant à la main un arc rouge et or. Artémis fut soulagée de constater que Zeus ne l'avait pas remplacé par Orion en fin de compte.

Aphrodite et Dionysos étaient si convaincants qu'Artémis fut rapidement absorbée par la pièce. Elle en oublia qu'elle regardait des comédiens. Dans son esprit, ses amis étaient réellement devenus Psyché et Éros.

— La voilà, murmura Éros pour lui-même sur la scène en apercevant Psyché.

Il se rapprocha d'elle doucement pendant qu'elle déambulait dans la forêt en peignant ses longs cheveux blonds. Il leva furtivement son arc, pointant une flèche d'amour dorée en direction de la magnifique mortelle.

— Que cette flèche, sans te blesser, te fasse tomber amoureuse de la créature la plus laide que la Terre ait portée.

Au même moment, un cerf traversa la scène en courant, le surprenant à l'instant où il relâchait sa flèche. Laissant tomber son arc, Éros se tira accidentellement dans le pied.

— Aïe, aïe, aïe!

Son expression consternée était si comique et crédible qu'Artémis se mit à rire avec le reste des spectateurs. Bien sûr, c'était exactement ce qu'ils avaient répété. Éros était censé avoir cet accident.

Perséphone se pencha en avant et se mit à rigoler de sa maladresse.

— Ça te rappelle quelqu'un que tu connais, au concours de tir à l'arc?

— Hein?

Artémis était si absorbée par la pièce qu'elle ne comprit même pas la boutade de Perséphone. Elle retint son souffle lorsqu'Éros courut vers Psyché et mit un genou par terre.

— Je t'aime, proclama-t-il en mettant une main sur son cœur. Pour toujours et pour la vie.

Pandore, dans le rôle d'une déesse jalouse, apparut d'un des côtés de la scène, les yeux étincelant de façon dangereuse.

— Imbécile! ragea-t-elle à l'endroit d'Éros. Pour te punir d'avoir échoué à rendre Psyché amoureuse de la créature la plus laide sur Terre, je vais l'empêcher de devenir amoureuse de quiconque! En fait, je vais faire en sorte que plus personne sur Terre ne tombe amoureux, plus jamais, pour l'éternité. Tu m'as bien compris? ajouta-t-elle après avoir fait une pause.

Ayant répété de nombreuses fois avec Orion, Artémis savait que cette dernière réplique n'était pas dans le scénario. Il semblait que Pandore ne pouvait s'empêcher de poser au moins une question.

— Bien, répondit Psyché en levant le menton et en soutenant le regard cruel de la déesse. Je serai heureuse, même sans amoureux.

— Ouais! Bravo, Psyché! lança Artémis en levant le poing.

Perséphone et le reste des spectateurs se mirent à rire de sa boutade, et elle sourit. Mais, sans blague, avant d'accorder son cœur à quelqu'un, elle allait s'assurer que ce soit un garçon vraiment bien, qu'il le mériterait.

Le reste de l'histoire était fait d'intrigues et de quiproquos et passa aussi vite que les flèches que Dionysos tirait avec son arc. Trop rapidement arriva la dernière scène, dans laquelle le sort fut renversé et où tout le monde sur Terre tombait amoureux de nouveau. Artémis sentit les larmes lui piquer les yeux. Elle était si prise par l'histoire qu'elle avait oublié pour un instant qu'il ne s'agissait que de théâtre. Elle se sentait si heureuse pour les personnages. Si seulement elle avait pu être aussi chanceuse en amour.

Comme la grande finale allait se terminer, l'orchestre se mit à jouer une pièce appelée *Septième ciel*, composée par le groupe d'Apollon. Au-dessus de la scène, une poulie craqua, tirant lentement quelque chose devant le ciel peint sur la toile de fond. Soudainement, sept lumières brillantes se mirent à scintiller, suspendues bien haut au-dessus des acteurs. Non, ce n'étaient pas des lumières, mais des étoiles. Une fausse constellation!

— Je me demande bien comment ils ont réussi à faire ça, murmura Perséphone. Je croyais qu'Hadès avait dit que ces sept projecteurs étaient brisés.

— Il y a quelqu'un là-haut qui les tient, dit Artémis.

Elles plissèrent les yeux pour voir de qui il s'agissait.

— C'est Orion qui est suspendu à des câbles! s'exclamèrent les deux amies en même temps.

Une grosse étoile en miroir avait été fixée à chacune de ses épaules et deux autres à ses pieds. Ces quatre étoiles, plus les trois de la boucle de sa ceinture scintillaient en réfléchissant la lumière des projecteurs de sorte qu'il avait l'air d'une constellation.

— Eh bien, Orion a toujours dit qu'il voulait être une étoile, dit Artémis en faisant un sourire grimaçant. On dirait bien que Zeus a réalisé son rêve… À la sept.

Perséphone rigola, en cognant l'épaule d'Artémis de la sienne.

Quelques instants plus tard, la pièce se termina, et le rideau tomba. Il se rouvrit presque immédiatement, et tout le monde se mit à acclamer les acteurs, alors que toute la distribution de *La flèche* revenait sur scène depuis les coulisses. Artémis pensa qu'Apollon avait fait un travail admirable dans le rôle du père de Psyché, même s'il n'avait eu que six répliques. Ses yeux croisèrent les siens.

— Bravo, lui dit-elle silencieusement en bougeant les lèvres.

Il hocha la tête en souriant, l'air content.

Comme les spectateurs criaient et applaudissaient, Suez, Amby et Nectar se réveillèrent et les accompagnèrent en poussant des hurlements d'approbation. Après avoir salué, les acteurs envoyèrent la main et disparurent dans les coulisses.

Le rideau de velours se referma, mais les applaudissements continuèrent. Le rideau se leva de nouveau pour révéler trois personnes qui se tenaient derrière, les deux acteurs principaux, Aphrodite et Dionysos, avec Zeus entre eux. Ils se prirent tous les trois par la main et saluèrent de nouveau.

— Ouch! Aïe! couinèrent Aphrodite et Dionysos simultanément en recevant chacun une petite décharge des mains de Zeus.

Les spectateurs applaudirent de plus belle. Artémis était si fière d'eux qu'elle se leva. Les autres l'imitèrent pour ovationner les acteurs.

11

Des amis et de la tarte

Lorsque les levers de rideau s'arrêtè-rent enfin, Artémis et Perséphone coururent vers la scène, les trois chiens sautillant à leur suite. Les filles étreigni-rent Aphrodite et Athéna.

— Même si je n'ai jamais vu de pièce de théâtre avant, je vous garantis que celle-ci est la meilleure, déclara Artémis.

— Merci, dit Aphrodite en faisant un grand sourire à cet éloge.

— Allez, les filles, allons célébrer votre première ! dit Perséphone.

— Super, dit Aphrodite, je meurs de faim.

— Moi aussi, dit Dionysos en se joignant à elles.

Apollon et Hadès arrivèrent quelques instants plus tard, et les trois jeunes dieux et les quatre déesses décidèrent d'aller tous ensemble chercher un casse-croûte au marché supernaturel. Aphrodite alla se changer dans les loges avant de partir, de sorte que les filles l'accompagnèrent et que les garçons prirent de l'avance.

— Hé ho? leur cria une voix solitaire lorsque les quatre déesses quittaient enfin le théâtre désert.

— Qui a dit ça? demanda Artémis en s'arrêtant pour regarder autour.

— C'est Orion! Il est encore là-haut! dit Athéna en pointant un doigt derrière elles.

Tout le monde se retourna pour regarder vers la scène. Comme de fait, Orion était toujours suspendu à la poulie, ses sept étoiles scintillant contre le fond noir. Il avait l'air si séduisant là-haut, ses étoiles, ses yeux et sa peau dorée factice scintillant faiblement.

Sirius était assis sur un banc, au centre de la première rangée, le regardant comme si la pièce continuait.

— Pourquoi est-il encore là-haut? demanda Aphrodite.

— À voir son visage, je crois qu'il se pose la même question, dit Perséphone.

Soudainement, Sirius se mit à pousser des hurlements.

— Je crois qu'il a dû y avoir de petits problèmes avec le gréement, dit Artémis.

— Et qui va le faire descendre, maintenant? dit Perséphone en plissant un sourcil.

Plusieurs machinistes arrivèrent et se rassemblèrent en dessous d'Orion, se grattant la tête avec embarras en le regardant. Zeus les rejoignit, lançant des mots d'encouragement à Orion.

— Tiens-toi bien… J'veux dire, tiens bon, nous allons te descendre de là en un rien de temps.

— Merci… résonna la réponse solitaire d'Orion dans l'amphithéâtre presque vide.

— Croyez-vous que nous devrions leur proposer notre aide? demanda Athéna.

— C'est toi qui décides, dit Aphrodite en faisant un signe de tête à Artémis. On reste, ou on s'en va?

Artémis réfléchit un instant, puis elle secoua la tête.

— Il me semble bien qu'Orion reçoive tous les égards réservés aux étoiles, comme il le mérite, dit-elle en souriant à ses amies. Qui est prête à avaler un bon lait fouetté au nectar et une part de tarte à l'ambroisie?

Quatre mains, y compris la sienne, se levèrent toutes ensemble.

Comme elles se retournaient pour continuer leur chemin en direction du marché, Artémis se cogna accidentellement à quelqu'un.

— Désolée, dit-elle, étonnée, en levant les yeux pour voir un garçon qu'elle ne connaissait pas.

Un mortel, puisque sa peau ne chatoyait pas. Il avait un carquois glissé sur l'épaule.

— Hé, Artémis, dit-il en se penchant pour flatter le dos de chacun de ses chiens tour à tour.

Il la regardait de ses yeux gris, posément, mais à la fois curieux.

— Tu es la sœur d'Apollon, c'est ça? poursuivit-il. Je t'ai vue lors du tournoi. Tu voudrais qu'on s'entraîne ensemble, un de ces jours?

— Han-han, répondit Artémis.

Devant son manque d'enthousiasme, le garçon se contenta de sourire légèrement et continua son chemin dans la direction opposée.

— C'est un ami d'Hadès. Un mortel qui s'appelle Actéon, dit Perséphone aux autres une fois que le garçon fut hors de portée de voix.

— Mignon, se prononça Aphrodite.

— Je crois que tu lui plais, dit Athéna à Artémis.

Artémis haussa les épaules. Le garçon paraissait gentil. Et il avait flatté ses chiens, chose qu'Orion n'avait jamais faite. Elle savait qu'elle était courageuse de certaines manières, mais était-elle suffisamment brave pour s'essayer si vite à une autre histoire romantique? Elle se retourna pour regarder Actéon et le surprit à regarder de son côté lui aussi. Il lui envoya la main, et elle rougit.

— Je vois une nouvelle idylle dans ton avenir, la taquina Aphrodite, en prenant le ton d'un biscuit oracle, une sorte de biscuit chinois parlant, façon Olympe, que l'on servait à la cafétéria de l'AMO.

— Ha! dit Artémis en riant.

Mais peut-être accepterait-elle de s'entraîner avec lui au tir à l'arc un de ces jours. À tout le moins, elle allait y réfléchir.

— En parlant d'avenir, dit-elle en se retournant vers ses amies, je vois une part de tarte dans le mien. Et peut-être aussi un grand lait fouetté au nectar, qu'en pensez-vous?

En rigolant, les quatre déesses sortirent bras dessus, bras dessous du théâtre à la recherche d'une collation digne des dieux.

Athéna la sage

Qui est-ce ? demanda Athéna en faisant un geste de la main vers un garçon qu'elle ne connaissait pas, après avoir déposé son plateau sur la table où ses amies et elle prenaient toujours leur déjeuner.

La cantine tout entière de l'Académie du mont Olympe bourdonnait d'excitation à son sujet. Habituellement, elle ne portait pas trop d'attention aux garçons, mais elle ne put s'empêcher de remarquer celui-là. Habillé d'une cape en peau de lion dont la mâchoire lui faisait une sorte de casque, il était grand et avait les cheveux noirs et bouclés ; et il était musclé comme Atlas, le champion des poids et haltères de l'école.

— Tu n'as pas entendu parler de lui ? dit Aphrodite en levant un sourcil à la forme parfaite. Il s'appelle Héraclès. Il a été admis à l'Académie ce matin seulement.

Un air de désapprobation se lisait dans ses adorables yeux bleus, qui observaient le garçon.

— Je dois avouer qu'il est mignon, poursuivit-elle, mais il n'a aucun flair pour la mode.

Athéna prit une bouchée de

wich héros. Porter une cape e

lion était peut-être en effet exagéré.

— J'ai entendu dire qu'il était un

archer expérimenté, dit Artémis. Mais j'y

croirai lorsque je le verrai, dit-elle en plis-

sant les sourcils dans sa direction. On dit

aussi que c'est un mortel tout comme

Orion. Alors, peut-être est-il menteur lui

aussi.

Orion avait été un premier béguin

plutôt décevant pour Artémis, trop imbu

de lui-même pour remarquer les senti-

ments des autres, les siens plus particu-

lièrement. Elle avait désormais tendance

à considérer tous les garçons avec

suspicion, et surtout ceux qui lui rappelaient Orion d'une manière ou d'une autre.

Perséphone but une gorgée à sa boîte de nectar.

— Il est mortel et il porte des vêtements bizarres, et après ? Cela ne signifie pas qu'il n'est pas gentil pour autant.

Elle était très sensible à ces choses-là. Sans doute parce que son béguin à elle, Hadès, avait souvent été incompris simplement parce qu'il venait des Enfers.

Une explosion de rires admiratifs parvint de la table où était assis Héraclès, attirant l'attention des quatre amies. Il ne semblait pas avoir perdu de temps à se faire de nouveaux amis parmi les jeunes dieux. Plusieurs d'entre eux, notamment Hadès, Apollon, le frère jumeau d'Artémis, Arès et Poséidon, étaient suspendus à ses lèvres. Athéna ne pouvait entendre exactement ce que disait Héraclès, mais il parlait certainement d'armes, de guerre, de sports ou de chasse. Selon son expérience, c'étaient là les sujets auxquels s'intéressaient le plus les garçons. Comme de fait, quelques instants plus tard, Héraclès faisait circuler sa grosse massue noueuse, ce qui provoqua des exclamations d'admiration chez les garçons. Pour ne pas être en reste, Poséidon montra son trident et Apollon, son arc.

— Alors, qu'en penses-tu? dit Aphrodite à Athéna en lui touchant l'avant-bras.

— À quel sujet? demanda Athéna en pensant qu'elle avait dû manquer une partie de la conversation.

— Héraclès.

Aphrodite, Artémis et Perséphone se penchèrent vers elle comme si elles avaient hâte d'entendre ce qu'elle avait à dire. Athéna hésita. Elle se rappelait très bien à quel point elle s'était sentie nerveuse lorsqu'elle était arrivée à l'AMO moins d'une année auparavant. La plupart des jeunes dieux et déesses ici, y compris ses trois meilleures amies, étudiaient ensemble depuis des années. Ils étaient tous si magnifiques, séduisants, doués et incroyables. Et si elle avait soupçonné alors qu'ils parlaient d'elle, la jaugeant et la jugeant, elle se serait sentie encore beaucoup plus nerveuse.

— Peut-être devrions-nous nous mettre à sa place et nous demander ce qu'il pense de nous, au lieu de l'inverse, suggéra-t-elle. Il se demande probablement si nous allons l'aimer. Peut-être essaie-t-il d'impressionner ces jeunes dieux.

— Je n'y ai jamais réfléchi de cette manière, dit Aphrodite en cillant.

— Ça, c'est plus que de la réflexion intelligente, dit Perséphone en souriant à

Athéna avec admiration, même pour quelqu'un comme toi.

— Les mots de la sagesse, de la part de la déesse de la sagesse en personne! ajouta Artémis.

— Merci, leur dit Athéna.

C'était gentil, ces louanges, mais honnêtement, bien qu'elle sache être intelligente, elle n'était pas certaine de mériter le titre de déesse de la sagesse. Si elle avait réellement été sage, elle n'aurait pas fait toutes les erreurs qu'elle avait faites depuis qu'elle était ici, comme inonder la Terre de ses inventions, s'inscrire à trop de cours et d'activités parascolaires à la fois et transformer les cheveux de Méduse en serpents. De plus, les mots ne signifiaient pas grand-chose si on n'agissait pas en conséquence. Jusqu'à maintenant, elle n'avait encore rien fait pour accueillir Héraclès. Eh bien, elle pourrait y remédier.

Elle termina son sandwich héros, espérant que cela la ferait se sentir un peu plus héroïque. Puis, rassemblant son courage, elle se leva de table.

— Je vais aller le saluer. Vous savez, lui souhaiter la bienvenue à l'AMO.

Elle hésita un moment. Se mettre de l'avant de la sorte ne lui venait pas facilement, et plus particulièrement avec les garçons.

— Quelqu'un veut m'accompagner? demanda-t-elle, comme ses amies la regardaient avec surprise.

Avant même que les autres puissent lui répondre, le haut-parleur de l'école se mit à grésiller. On entendit un tapotement, comme si quelqu'un appuyait de manière répétée sur le bouton de l'interrupteur.

Puis la voix du directeur Zeus tonitrua dans le haut-parleur situé au-dessus de la porte de la cantine, faisant sursauter tout le monde :

— EST-CE QUE CE TRUC FONCTIONNE ? *Tap, tap, tap.* MADAME HYDRE ? *Tap, tap, tap.* EN ÊTES-VOUS CERTAINE ?

Après encore quelques grésillements, il finit par vociférer son message :

— J'APPELLE ATHÉNA! PRÉSENTE-
TOI À MON BUREAU. ILLICO. EN
QUATRIÈME VITESSE!

Une pause.

— OH! ET EN PASSANT, C'EST LE
DIRECTEUR ZEUS QUI PARLE, TON
CHER VIEUX PAPA, AU CAS OÙ TU
NE L'AURAIS PAS DEVINÉ!

Tous les yeux, dans la cafétéria, se
tournèrent immédiatement de son côté.
Athéna déglutit. Zeus n'était pas reconnu
pour dire s'il vous plaît, particulièrement
lorsqu'il était contrarié. Après tout, il
était le roi des dieux et le maître des
cieux, alors les bonnes manières n'étaient
pas une priorité pour lui.

— Changement de plans, tout le monde. On se voit plus tard.

Laissant son plateau sur la table, Athéna se précipita vers la porte. Même si, ou peut-être parce que, le directeur Zeus était son père, elle se souciait de lui plaire plus que quiconque à l'AMO. Son estomac faisait des acrobaties pendant qu'elle dévalait le couloir menant à son bureau. Elle interrogeait son esprit pour essayer de se rappeler si elle avait fait quelque chose de répréhensible. Elle obtenait des A partout, alors aucun professeur n'avait certainement pu se plaindre d'elle. Mais son père n'était pas très fort sur les discussions paternelles amicales ni sur le bavardage futile. Alors, que pouvait-il bien lui vouloir?

À propos des auteures

JOAN HOLUB est l'auteure primée de plus de 125 livres pour les jeunes, notamment de *Shampoodle*, *Knuckleheads*, *Groundhog Weather School*, *Why Do Dogs Bark?* et de la série Doll Hospital. Des quatre déesses, celle à qui elle ressemble le plus est sans doute Athéna, car comme elle, elle adore imaginer de nouvelles idées… de livres. Mais elle est contente que son père n'ait jamais été le directeur de son école !

Visite son site Internet, au www.joanholub.com.

SUZANNE WILLIAMS est l'auteure primée de près de 30 livres pour enfants, dont *Library Lil*, *Mommy doesn't Know My Name*, *My Dog Never Says Please*, et des séries Princess Power et Fairy Blossoms.

Son mari dit qu'elle est la déesse des questions assommantes (la plupart au sujet des comportements bizarres de son ordinateur). Ce qui la fait ressembler un peu à Pandore, sauf que Pandore n'a jamais eu à composer avec les problèmes d'ordinateur. Comme Perséphone, elle adore les fleurs, mais elle n'a pas le pouce vert comme elle. Suzanne vit à Renton, dans l'État de Washington.

Visite son site Internet, au www.suzanne-williams.com.

DE LA MÊME SÉRIE

Tome 1

Tome 2

Tome 3